海伦·加德纳

Helen Gardner

A Reading
of Paradise Lost

阅读《失乐园》

亚历山大讲座，多伦多大学，1962

（英）海伦·加德纳 著

李小均 译

广西师范大学出版社
·桂林·

A Reading of *Paradise Lost*:The Alexander Lectures in the University of Toronto 1962,
by Helen Gardner
Copyright © Helen Gardner,1965,1967,1971

图书在版编目(CIP)数据

阅读《失乐园》：亚历山大讲座：多伦多大学：1962／(英)海伦·加德纳著；李小均译. —桂林：广西师范大学出版社，2024.5
(文学纪念碑)
ISBN 978 – 7 – 5598 – 6848 – 0

Ⅰ.①阅… Ⅱ.①海… ②李… Ⅲ.①诗歌评论－英国 －现代 Ⅳ.①I712.072

中国国家版本馆 CIP 数据核字(2024)第 062823 号

阅读《失乐园 》：亚历山大讲座，多伦多大学，1962
YUEDU《SHILEYUAN》:YALISHANDA JIANGZUO,DUOLUNDUO DAXUE,1962

出 品 人：刘广汉　　　　策　划：魏　东
责任编辑：魏　东　　　　装帧设计：赵　瑾

广西师范大学出版社出版发行

(广西桂林市五里店路 9 号　　　邮政编码：541004)
(网址：http://www.bbtpress.com)

出版人：黄轩庄
全国新华书店经销
销售热线：021 – 65200318　021 – 31260822 – 898
山东新华印务有限公司印刷
(济南市高新区世纪大道 2366 号　邮政编码：250104)
开本：787 mm×1 092 mm　1/32
印张：9　　　　　　　字数：120 千
2024 年 5 月第 1 版　　2024 年 5 月第 1 次印刷
定价：66.00 元

如发现印装质量问题，影响阅读，请与出版社发行部门联系调换。

献给
赫伯特和埃米莉·戴维斯

To

Herbert and Emily Davis

序　言

一九六○年，我荣幸地受到多伦多大学之邀，出任^{vii} 一九六二年亚历山大系列讲座的主讲嘉宾。那时，我正打算写一本关于《失乐园》的小书。在弥尔顿的研究领域，多伦多大学素以贡献卓著而知名，我选择《失乐园》作为讲题，似乎有些冒失，但是，假如放弃一个念兹在兹的话题，转而寻找一个更稳妥的题目，难免给人怯懦的印象。不过，直到我真正投入准备工作时，我才意识到，绝非我一个人有想写一篇"《失乐园》在今日"的冲动；我才意识到，一系列关于这部史诗的著述，已出、

正出或即出。我仅举最有代表性的几部为例。比如，J. B. 布罗德本特的《更为严肃的题材》和约翰·彼得的《评〈失乐园〉》在一九六〇年问世，同年，弗兰克·克默德编辑出版了论文集《不朽的弥尔顿》。一九六一年，悉尼大学的杰拉德·威尔克斯教授的《论〈失乐园〉》付梓，旨在反驳悉尼大学在此领域中最著名的贡献，也就是刚去世的瓦尔多克教授的《〈失乐园〉及其批评家》。瓦尔多克教授这部作品一九四七年首次发行，一九六一年以平装本再版。一九六一年底，燕卜荪教授的《弥尔顿的上帝》问世，第一次旨在推翻学界关于《失乐园》的正统观念：这种正统观念最先是由查尔斯·威廉斯阐明，C. S. 路易斯在其非常著名的《〈失乐园〉序》（1942）和道格拉斯·布什教授在其《〈失乐园〉在我们时代》（1945）都加以承继。我坐下来撰写讲稿时，已搜罗到所有这些书籍作为参考。我还得悉，学界期盼已久的伯纳德·奈特教授的研究专著即将付梓，约瑟夫·萨默斯教授关于《失乐园》的专著也即将完稿。奈特教授的《弥尔顿的〈失乐园〉》和萨默斯教授的《缪斯的方法》都是在一九六二年出版。同年出版的还有杰克逊·柯普教授的《〈失乐园〉的隐喻结构》。一九六三年，克里斯托弗·里克斯先生出版了《弥尔顿的宏伟风格》，全面反驳利维斯博士对弥尔顿语言的指控。费雷女士在这一年也出版了《弥尔顿的史诗声音》，分析了弥尔顿的写作技巧。面对这么多已出、正出和即出的著作，我不可能妄称，我这一系列讲座探讨的是一部遭遇冷落的经典。

关于《失乐园》，这么多已出、正出和即出的著作，更不用说大量的论文，见证了这个领域研究的难度。面对这块由信仰、勇气和艺术构造的丰碑，二十世纪的我们发现难以轻易出入其内。我在为大学新生讲授《失乐园》时体验到了这种难度。正是这种狭隘的自身经验，促使我想要分析和证明我的信念，弥尔顿这首伟大作品将永恒流传。此外，我还有另一个原因。自求学以来，我一直非常喜爱多恩和弥尔顿的诗歌，从来没有想过要厚此薄彼。过去十五年，我断断续续在编辑多恩的诗歌。我想现在转向写作关于《失乐园》的一本小书，不是作为纯粹的弥尔顿专家，而是作为一个读者，带着从编辑和注释与之完全不同类型的多恩诗歌中所获得的那个时代的知识，走近《失乐园》，会是一种新体验。面对多恩和弥尔顿的作品，现代批评家必须避免两个极端，既不能完全以他们时代的话语来阐释，也不要完全以我们时代的话语来阐释。过去几年，学术风气出现了明显的钟摆。相比于我年轻的时候，人们现在对多恩的省视更加冷静，但是认为他只不过是"巧智之王"（Monarch of Wit），却忽略了他身上的一些品性，正是这些品性，在他身后三百年，人们还是可能在他身上找到一种情感语言，契合心灵的需要。弥尔顿的《失乐园》亦然。

  我不愿意把《失乐园》的意义局限到其所产生的世纪才有的意义，即便我们可能确凿无疑地发现那种意义（我对此存疑）。我不否认布莱克和雪莱这两个天才人物对《失乐园》的解读，他们与弥尔顿一样，都有"先知的气质"。大多数读者接近《失乐园》时并无学术的助力，但他们一致认为，《失乐园》的想象魅力主要系于撒旦这个角色。在我看来，这是《失乐园》的批评必须圆满回答的问题。如果普通读者执意认为撒旦是英雄，那么用说理的方式来证明"魔鬼是头驴"是不够的。许多年前，我写了一篇文章，分析撒旦的性格和作用，设法寻找一种方法，调和历史-神学的阐释和主观的阐释。我在附录中原样重刊，只想做一点说明，我在这一系列讲座中表达的立场都是源于一九四八年那篇文章的观点。在这本小书的附录中，我还补充了一篇一九五六年发表的短文，讨论的是《失乐园》早期的插画，旨在表明，哪怕是在弥尔顿的世纪，撒旦也不像这部史诗的其他角色，可缩减为扁平人物。

感谢出版人约翰·默里，感谢霍尔特、莱恩哈特和温斯顿联合出版公司，感谢肯尼斯·克拉克爵士允许引用《观画》(1960)，感谢维多利亚和阿尔伯特博物馆允许复制拉斐尔的画作《神奇的一网鱼》，感谢瓦尔堡学院多年前根据我手里这册一六九二年版《失乐园》帮我影印了约翰·浸礼会·麦地那的插画。

本书中《失乐园》的引文，出自比奇编辑的牛津标准作家版《弥尔顿诗集》。本书即将付梓时，燕卜荪教授的《弥尔顿的上帝》出了增订版；我参考的是该书的初版，由于时间关系，未能及时根据他的修订版相应调整。

最应感谢的当然是多伦多大学诸君,我受邀做这一系列讲座,在此度过了一段美妙的时光。本书出版过程中,伍德豪斯教授不幸去世,这让我神伤不已。他作为善良的东道主,作为宽宏的多伦多大学讲席教授,作为弥尔顿的权威专家,倾听一个闯入自己研究领域的冒失者谈论时所展现出的堪称典范的耐心,令我感激不尽。

海伦·加德纳

目 录

插 画

一、《失乐园》在今日

攻击《失乐园》的诗风，攻击弥尔顿败坏了英语，对 ₁ 受其影响的后世诗人产生了恶劣影响，这种批评已成文学史的一部分。如今，这已不再成其为问题。尽管最近克里斯托弗·里克斯仍然想与艾略特和利维斯论战，但我依然坚持己见。里克斯从对方立场出发，证明弥尔顿的史诗风格敏锐复杂，能够经受语词的细读，从中得到回报。[1]尽管总体说来，里克斯成功挑战了艾略特和利维斯的观点，但他几乎没有注意人们抱怨的根本理由：弥尔顿的史诗风格十分矫揉；句法远离日常话语，语言"异化"。简言之，若不极力跳出日常话语范围，就无法阅读《失乐园》。相比之下，莎士比亚的诗歌，完全可能念起来平白如话，许多著名演员做到了这点而备受称赞。我并非想暗示，我同意这种做法。我只希望表明，人们可以把莎士比亚的诗歌念得平白如话（当然有很大损失），却绝不能移用于《失乐园》。最近去世的路易斯教授曾对这个重要问题做了盖棺定论。他同意利维斯博士对"弥尔顿史诗特性"的分析是正确的，但他补充道："这并不是说我们看《失乐园》时看到了不同的东西，我们看到的是同样的东西，只不过他不喜欢，而我喜欢。"[2] 攻击弥尔顿对后世诗人产生了恶劣影响，这是对他最奇怪的指控，因为毫无疑问，对后世诗人产生最坏影响的英国诗人，莫过于莎士比亚，但正是莎士比亚，最受反对弥尔顿的人膜拜。艾略特在一九四七年英国学术院演讲中就表明了这个观点，他说："我们不妨认为，与其说济慈的《海伯利安》因弥尔顿的影响而败坏，不如说他的《斯蒂芬王》因莎士比亚的影响而败坏。"[3] 艾略特还可继续补充认为乔叟对英国十五世纪的乔叟主义者产生了积极影响，认为斯宾塞主义者不是十七世纪最活跃的诗人，这几乎是不可能的。德莱顿对莎士比亚那两行并非言不由衷的评论，适用于我们许多伟大且有个性的诗人：

> 莎士比亚的魔力不能复制；
>
> 在其领域内只有他敢阔步。[4]

But Shakespeare's magic could not copied be;
Within that circle none durst walk but he.

从伟大的诗人那里,才气不足之人只能抓住一点风格的皮毛。但是,谈到弥尔顿,我们至少可以说,济慈的《海伯利安》的确是受《失乐园》的影响,假如《海伯利安》称为失败之作,那它也是一次光荣的失败,为我们所谓的成功打上了问号;我们至少可以说,华兹华斯这位弥尔顿的最伟大"孩子",受到《失乐园》的启发,书写了"人、自然和人生",其声音堪与弥尔顿严肃、激越和雄辩的声音相媲美,但却完全是自己的声音。正如弥尔顿是斯宾塞的最伟大"孩子",华兹华斯是弥尔顿的最伟大"孩子",若要评估弥尔顿对后世诗人的影响,我们既要考虑到济慈的《海伯利安》,也要考虑到华兹华斯的《序曲》。

　　把弥尔顿当作我们"矫揉风格"大师加以摈弃,可以视为二十世纪上半叶诗歌运动之成就的必然伴奏。随着作为其成因的这场诗歌运动寿终正寝,这种摒弃论调也已凋零。作为文学史上的反讽例子之一,近来的批评家,尤其是格雷厄姆·霍夫[5],认为庞德和艾略

3

特领导的这场运动其实是反常现象，他们的写作并非是自诩的那样恢复了英语诗歌的真正传统，而是走上了一条孤独的死路。我不同意这种观点。但是，既然我和霍夫先生都还没有到盖棺定论的时候，也就无法证明谁对谁错，所以继续争论无异于浪费时间和精力。不过我必须承认，庞德和艾略特对于当下年轻作家不再有重要影响力。现在也的确难以看出任何堪称文学运动的东西，既无目的感，也无对成就的自信，足以使诗艺处在巅峰、意识到自身理想价值的诗人，颠覆过去的价值，贬低父辈尊崇的东西。尽管今日的诗人没有一种类似的理想，但强大诗歌运动的匮乏，使得重新赏识"宏伟"（magnificence）的风格，有可能作为一种合法的诗歌理想。弗兰克·普林斯教授是一位敏感出色的抒情诗人，他一九五四年出版的《弥尔顿诗歌中的意大利因子》篇幅不大，但内涵丰富，打开了用新方法研究弥尔顿诗歌之门。约翰·韦恩虽然是与弥尔顿大相径庭的诗人，但他自称是弥尔顿的狂热爱好者[6]，他把弥尔顿和叶芝做了富于启发的类比（对于近十年的诗人来说，叶芝的诗歌比艾略特的诗歌更投缘）。关于弥尔顿风格的争议，仍然在大学里延续，但在我看来，

4

这些争议与今日语言学和诗学的关注点并无关系。

如果说关于弥尔顿风格的争议，就像大多数大大增加了我们对议题的理解力的那些争论一样，已成明日黄花，那么关于他题材的选择、叙事的手法、是否达成声称的目的，争论至今仍然热烈。随着燕卜荪教授的《弥尔顿的上帝》在一九六一年的面世，争论也出现了有趣的新动向。《失乐园》能为现代读者（无论是不是基督徒）提供什么，这是重大的批评问题。对此，存在两种针锋相对的观点。一首诗歌到底能为我们提供什么，过去时代一切伟大的作品都会遭遇这个重大的批评问题。关于《失乐园》，这个批评问题特别迫切地主动冒出来，因为弥尔顿深信，他的诗歌应该"对国家有教益"，他渴望成为"最美好、最明智之物的阐释者"。他公然宣称，诗歌要有教育意义，我们不能弃之不顾。此外，他决心要让我们的想象力看清的那种基督教的救赎思想，并不是可以带着历史的疏离感冷眼旁观的僵尸。这种思想仍然存活，为现代心灵或良知接受或拒绝。一个人，无论是发现基督教的基本信条在思想上站不住脚、在道德教诲上令人反感，还是觉得十七世纪关心的神学问题离当下的宗教思想和经验过于遥远，认为弥尔顿的强调重点不可接受，《失乐园》必然都还在对他言说。

基督教的救赎神话，在十七世纪经过了不断的演变，最终成了"庞然大物"，弥尔顿将之作为《失乐园》的题材，由此显示出的非凡鲁莽，从一开始就为人所知。《失乐园》第二版中附录的马维尔诗歌，其言说的对象可以说是那些惊骇于弥尔顿之大胆、用古典史诗形式打造这个圣经故事的基督教读者。但马维尔承认，当他看到这个"观点"，诗人

会毁灭寓言和古歌中的神圣真理

（因为我认为他太强大了），

Would ruine(for I saw him strong)
The sacred Truths to Fable and old Song,

他还满腹怀疑，及至读到《失乐园》，他的怀疑才完全冰消，因为满纸"庄严"（majesty），

吸引了虔诚者，震慑了亵渎者。

Draws the Devout, deterring the Profane.

他赞美弥尔顿的"持重"（gravity）和灵巧（ease），激发出我们身上的"愉悦和恐惧"；他赞美弥尔顿犹如乘着"巨大、均衡而柔软的金羽"，"高翔云天"，宣布他的诗歌就像他的"主题"一样"辉煌"。

　　马维尔似乎丝毫没觉得被《失乐园》冒犯（他证明在感受力方面与二十世纪读者很相似）。德莱顿批评弥尔顿选择的题材，理由并不是它不适合用古典史诗的形式来处理长时间叙事，而是史诗的先例。史诗的题材历来就是英雄完成的伟业，然而，弥尔顿的题材是取得成功的恶魔，因此恶魔必须被视为扮演了传统的英雄角色；"巨人打败了骑士，迫使他离开要塞，带着情人周游世界。"[7] 约翰生博士反驳德莱顿，因为亚当的"失败"就"任意粗鄙"地否认其"英雄行为"，他认为"英雄结局一定会圆满的惯例，毫无道理，因为成功和德行并不必然相伴"。德莱顿对弥尔顿的另一个批评是，这种题材必然动用更"机械化"的超自然角色。约翰生博士同意这个意见，他批评《失乐园》"总让人觉

6

得缺乏人情味"。[8]但约翰生博士和德莱顿一样,没有批评弥尔顿把上帝当成其史诗中的一个演员,没有批评弥尔顿塑造上帝的方式。约翰生博士也没有批评弥尔顿借助作者之口宣扬的神道。他豁免了圣父和神子不加以讨论,因为他们不是"接受省察"的角色。但是,由此推断约翰生博士认同后人指责弥尔顿将他们当成史诗中的演员,或者认同后人不满于弥尔顿对圣父言行的呈现,这是错误的。相反,他赞扬弥尔顿的道德意图"最有用、最费心",建构了这个"寓言","编织出整个神学系统,结构合理,每个部分恰如其分",题材和人物都很伟大。

异教徒布莱克和不可知论者雪莱最先看到弥尔顿宣扬的意图和他实际成就之间的差异,他们赞许弥尔顿,不仅做了自称打算做的东西,做了马维尔和约翰生博士认为他做了的东西,还做了别的东西。布莱克认为:

7　　　　弥尔顿书写天使和上帝的时候,是戴着镣铐,书写魔鬼和地狱的时候,是自由舞蹈,因为他是真正的诗人,是魔鬼的同道,只是不自知罢了。

要全面理解这个观点，就需要考虑布莱克的整个哲学体系。不过简单说来，布莱克的这个观点暗示，《失乐园》中只有一部分是"真正的诗人"的作品，也就是自由创造性的想象产物，其他部分则是理性的产物，这种理性在不断划分界限和辨别差异，给想象力的创造精神戴上镣铐，表现的是知识的抽象概念而非天才诗人的生动真理。雪莱进一步宣称，《失乐园》"包含了一种哲学思想，反驳那种出于一种奇怪但自然的对立而得到流俗支持的哲学思想"；他赞美弥尔顿"罔顾直接的道德意图"，"声称上帝并不比魔鬼更有道义和美德"。他认为，弥尔顿没有遵循说教的目的，而是遵循"史诗真理的法则"，"精心布局一连串外部世界的行为和有思想、有道德的生灵的行为，激发一代代后人的同情"。[9]换言之，弥尔顿构建他的寓言，创造他的人物，旨在交给人类自由进行道德判断。人类会如何判断，雪莱胸有成竹。雪莱说，弥尔顿让笔下的上帝在道德上并不高于魔鬼，就已"冒犯了流俗的信仰"，然后他还特意用括号意味深长地补充了一句，"如果这会被判定为是一种冒犯的话"。雪莱只是暗示了后来燕卜荪挑明的东西。在燕卜荪看来（雪莱也一样），《失乐园》的长处在于清晰地揭露了基督教作为一种神学思想是可恶的。燕卜荪认为，弥尔顿有一颗大度的灵魂，努力把一种根本不道德、不能忍受的信仰变得有点道德、有点可以忍受：

> 这首诗歌为什么如此好，原因是它把上帝塑造得如此坏……弥尔顿把他的历史想象拉得很远。这首诗歌真正审查了西方文明的半壁江山，表现了西方自引入基督教后产生的冲突，作为副产品，提供了一种在他看来还算像样的解决方案。他力量的根源在于他能够接受和表达一种十分可怕的上帝观念，但同时在这种观念背后，让一切的宽容和大度保持活力，欢迎所有的高贵和快乐。这些宽容、大度、高贵和快乐，在他的时代之前的欧洲历史上，一直都很显眼。[10]

我认为，燕卜荪教授的这部作品是对过去二十年关于弥尔顿的研究和批评潮流的一种预期回应。十九世纪和二十世纪初总体上接受布莱克的区分，自由挥洒诗情的弥尔顿和戴着镣铐写作的弥尔顿，满足于欣赏前者,偷偷地嘲笑后者。知识界中主流的宗教态度是基督教自由主义,强调福音书中伦理教诲之美,关注的是诸如福音书的历史性、有关奇迹的哲学、基督教对于来生的希望是否真实等问题,而非这种神学是否正当。除了不再相信圣经的创世叙事,不再相信任何那样的人是我们的始祖,旧约整体说来被认为是很令人反感的,人们一直在区分旧约的上帝和新约的上帝。在此,自由派或"现代"的教士与英国天主教徒联手。英国天主教的神学关怀与弥尔顿的神学关怀大不同,他们对弥尔顿这样一个骨子里仇视主教的人来说自然不会喜欢。T. S. 艾略特虽然不能被称为自由派教士,却表达了我记得在我年轻的时候人们对《失乐园》价值的流行看法,就是作为对基督教信仰的阐释:

> 我不会觉得,我对弥尔顿的欣赏,会导向这声音的迷宫之外的某个地方……就我所见而言,我只瞥见一眼我认为很大程度上令我反感的一种神学,借助了一个神话来表现,这个神话本应留在创世记中,弥尔顿对它的书写并没有什么创新。[11]

我在牛津的导师是一个虔诚的基督徒，属于旧式的高教会派，她对弥尔顿的神学十分反感，建议学生不要去讨论。在这种知识气候里，基督徒和非基督徒都同意，只把弥尔顿的神学作为历史化石，深埋在他生动而美丽的诗歌之中，只把他当艺术家，同情他是自由的先锋（只要他同情"美好的古老事业"），忽视或谴责他的神学信念。[12]

过去三十年的一个惊人特征是教条主义神学的复活和圣经神学的复活。这在文人中间和在大学里面特别突出，由此渗透了思想文化生活。神学变成席间的话题，小说情节围绕神学观点展开，周日报纸和周刊评论家脱口不离原罪和宽恕，每个英文系新生必要之时都能把失乐园的故事套进关于戏剧、小说或抒情诗歌的讨论（这是每周小论文的题材），指认出其中的"基督意象"。这种广泛的兴趣背后隐藏着知识的革命。创世记神话和隐藏在创世记和出埃及记中的犹太历史传说，重新俘获了人们的想象。它们不再被当作历史，而是重新作为神话，看重的是其象征意义，表现人的困境和对此的神圣反应。圣经研究已经表明，离开了旧约，就不能理解新约。把福音书从其最初布道的语境中孤立出来,忽略甚至贬低基督及其最初信徒生活于其中的宗教经验和传统,这种做法现在看来是罔顾历史事实的邪路。简明的福音书和玄奥的保罗神学,这种古老的对立论业已摒弃。现在大家都公认,福音使者也是神学家。类似的一场运动是艺术史家也把重心放在图像学,这场运动从圣经研究中汲取了力量,反过来又推动了圣经研究的发展,影响日益扩大。看见它们在今日活力尚存的作品中存在,我们就熟悉了祖辈甚至父辈认为完全怪诞过时的观念。此外,历史研究在与新批评的对阵中,找到了这个共同立场,相信艺术作品应该视为整体。在这样的舆论氛围里,讨论《失乐园》,就变成了讨论作为整体的这首诗歌;弥尔顿自称的意图,他的思想价值,他是否成功实现了自称的意图,也就成为研究兴趣的焦点。一些思想强大、博学多才、令人信服的作家,已经把《失乐园》置于我们面前,作为对基督教人文主义的经典表述,其主旨仍然具有现实关联性。尽管时而也会听到一些孤独之声,尤其是哈勒教授的声音,主张把《失乐园》的价值限定于"清教的史诗",但更常见的正统观点是以刚去世的路易斯教授为代表,正如他所言,"就观念而言,这首诗歌明显具有基

11

督教思想。除了少数几个孤立的片段，它并不特别具有新教或清教特色。它表现的是基督教这个伟大的核心传统"。[13]

不同于燕卜荪教授所谓的这些"新基督徒"（类似于比古典派还正统的新古典），不同于历史批评家（他们往往是同样的），还有另一派批评家，他们也坚持应该把《失乐园》作为整体来阅读，不能只找其"美"，但是他们认为没有必要走出诗歌外求，因为它本身足以表明弥尔顿没有表明的东西，或者通过指出来源和类似之物，证明我们读的时候发现道德上或艺术上不能自圆其说的地方其实是合理的。他们认为应该像读小说一样读《失乐园》，利用我们的生活经验和世界知识，按照自己的最高道德标准来判断人物的言行。这种批评流派的先驱是刚去世的瓦尔多克教授[14]，该流派的批评家都纷纷向他致敬，他的观点一直以来据说还没有人做出批评回应。他认为我们判断弥尔顿的《失乐园》，必须看它对于拥有一般感受力和道德感的读者的影响，他认同雪莱的观点，弥尔顿的上帝与荷马的宙斯或维吉尔的天后一样，并不凌驾于我们的判断之外。《失乐园》中的事件和人物必须像我们判断小说中的事件和人物一样进行判断，整首诗歌的结构和意图必须按照其内在的连贯性和可信度来判断。瓦尔多克把衍生于小说批评的方法运用于《失乐园》，正如众所周知，结果他发现弥尔顿是一个叙事有缺陷的艺术家，采取幼稚的小说叙事艺术进行创作，选择了一个不可信的题材，敷衍成长篇史诗。他说，创世记中的失乐园故事，本身就像一部拉长的电影，漏洞百出。弥尔顿放大这个故事，使漏洞更为明显，殃及整部作品。瓦尔多克认为，《失乐园》在高潮之处崩塌，弥尔顿非但没有继续带着读者前行，获得他期待的反应，反而激起了反作用。每个正派读者的道德感，必然认同亚当的决定，追随夏娃吃掉苹果，因为他在这里追随的是我们知道的最高道德价值观：爱。

约翰·彼得教授最近将瓦尔多克教授的方法朝前推进了一步[15]，通过细察，他反复指责弥尔顿前后不连贯，自相矛盾（"既吃掉蛋糕又保留蛋糕的谬论"），明目张胆地"艺术投机"或"追求效应"，盲目于片段和事件的含意。他问，为什么聚众叛变的天使会被撒旦明显的狡辩之辞勾引，却无一相信更加言之在理的阿伯狄（Abdiel）？"难道撒旦施了什么法术，隔离出天堂里的白痴？难道天堂里三分之一的神灵都是白痴？"弥尔顿喜欢只有一个正义之士孤身代表真理的场面，"在他为只有阿伯狄这个天使提出反抗意见而激动不已时"，他"忽略"了这样一个"关系到所有其他天使"而出现的问题，这些天使的"忠诚、爱和激情似乎被随意弃置在一边。阿伯狄必须言之成理，但他越言之成理，其他天使必然显得越愚昧或邪恶"。[16]彼得教授找到许多这类"荒谬之处"，以至于自己就成了证据，反驳了自己的批评方法。尽管我们可能全都同意，荷马有打盹的时候，指出他的疏漏，也是批评家的任务，但是假如我们细察的结果是为了证明荷马一直打盹，那我们对一部艺术作品的要求肯定就出了问题。

燕卜荪教授是最近加入瓦尔多克阵营的主将，他采用了自由探究的方法，用他特有的机敏探讨"弥尔顿实际上在《失乐园》中做了什么"。他把《失乐园》看成是一个相当复杂的侦探故事，我们只能敏感地从一些蛛丝马迹中发现其要义。比如，他发现，尽管上帝据说是派了拉斐尔（Raphael）去警告亚当和夏娃不要吃苹果，但拉斐尔的警告实际上是巧妙地煽动夏娃去做这种危险行为，有意让她认为，尽管表面是阻止，上帝真正的意图是想要她偷吃。如果我们都这样小心翼翼地读这首诗，我们将会发现元凶，正如在所有最优秀的侦探故事中一样，是那看上去最不像元凶的角色：上帝。

正如多恩所言：

劝架之人挨的拳头最多。

They beare most blows which come to part the fray.

我不奢望，一个中间立场会赢得冲突双方的好感。但是当我读到查尔斯·威廉斯、C. S. 路易斯和道格拉斯·布什一方的观点，再读到瓦尔多克、彼得和燕卜荪另一方的观点，我觉得他们谈论的这首诗歌，与我从小就阅读、就喜欢的那首诗歌大不相同。那些将《失乐园》置于我们面前作为表现基督教人文主义之人，是想将之作为借口，布道今日如何邪恶，暗示偏离或不满意于弥尔顿对事物格局的书写（甚或不满意于他们对弥尔顿书写的阐释），恰是反感暴露自己珍视的缺陷的读者身上某种道德错乱的结果。我觉得这些批评家有些忽视雪莱的观点，《失乐园》"遵循的是史诗真理的法

14

则",他们给我看的是一部庞大的警世故事,而非一首自由奔放、令人惊叹的想象作品。我需要马上补充一句,他们从《失乐园》中演绎出来的说教,在我看来的确漂亮,有时还很玄妙犀利,我并不想质疑它们的教益。但是,且以 C. S. 路易斯为例,他对《失乐园》第二卷中天使"大会"展现的各种邪恶性情的讨论,看起来就与文本带给我们的想象大相径庭。彼列宣称:

> 虽然我们全身都是痛苦,
>
> 可谁愿意死亡,愿意使这
>
> 有理性的生命,徘徊于永劫之中的
>
> 才智消灭于无知无觉。(Ⅱ.148-150)[①]

> for who would loose,
>
> Though full of pain, this intellectual being,
>
> These thoughts that wander through Eternity,

将这样一个天使和那样一个人——他想"变得麻木,主

---

① 译文采用朱维之的译本(《失乐园》,人民文学出版社,2020 年),后同,个别地方根据语境有细微改动。(脚注皆为译者注,后同,不另标出)

动继续下降到一个更低的生命平台……躲避伟大的文学、高贵的音乐和永不败坏的人构成的社会，就像一个病人躲避服药？"[17]——比较，这正确吗？难道我们必须时刻将弥尔顿和一种直接的典型意图相联系，不允许他发现和为我们呈现那些带头的天使在辩论惨败之后该怎么办时所折射出的高贵心灵和英雄美德的微光？假如我们如此做，我们就忽略了弥尔顿本人清晰的评论：

> 这些判了罪的精灵
>
> 还未全失德性。（Ⅱ.482-3）

> neither do the Spirits damn'd
> Loose all thir virtue.

路易斯教授对夏娃陷入的一连串恶行（最后以**谋杀**告终）的分析，再次提供给我们的是这位道德家的抽象概念和夸大其词，而非弥尔顿呈现出的刺激，兴奋，突然对于独立和卓越的向往，下意识到她招致的危险，愤恨地想到亚当没有她会继续生活，为拥有"另一个夏娃"而开心，以及她似乎表达了自己全部真实本性的终极

15

解决办法：

> 我决定要和**亚当**祸福与共：
> 我爱他如此之深，和他一起时，
> 万死堪当，没有他，活着没有生趣。（Ⅸ.831-3）

Adam shall with me in bliss or woe:
So dear I love him, without him live no life.
I could endure, without him live no life.

这些诗行难道真的要解读成是夏娃"庆贺自己"计划把亚当之死"当作独特的证据，证明她温柔而大度的爱"？[18]这样的评论似乎更关心读者的道德而非弥尔顿的意义。

另一派批评家要求《失乐园》也应该经受得住我们给予简·奥斯丁或亨利·詹姆斯小说那样一种细读的考验，他们同样（尽管是以不同的方式）显示出对有别于小说虚构法则的史诗真实法则的漠视。他们拒绝一开始就大方地承认诗人的前提，拒绝承认他理所当然视为主宰读者心灵的前提，没有这些前提，就不可能以任何达到完满的方式接受过去作品给予的东西。愿意承认这些前提，对于史诗来说特别必要，史诗之所以能够存在，就建立在这些共享的前提之上。史诗表达了为一种文化注入活力的理想和信仰，它是无所不包的，不是怪异的，它阐明了普遍认为有效的真理。史诗作者的写作不是为了说服怀疑者或者宣称个人的观点，而是"断言"真理。当然，正是一个时代认为毋庸置疑的那些东西，后来时代才要质疑。因此，相比于戏剧或抒情诗，史诗要求更多的想象力，要求读者更加愿意承认作者的前提。《失乐园》的伟大，很大程度是因为弥尔顿能把如此多的东西视为理所当然。他既不是在写一部为基督教辩护的作品，也不是在写一部象征小说。他写的是一部史诗，重述这个世界上最著名的故事，这个故事的主要意义和意旨不劳他操心。

16

进入《失乐园》的世界的方法（弥尔顿的想象力和艺术为了完美的快乐和教益而创造的这个世界），对于二十世纪的读者来说，依然和十七世纪的读者一样。弥尔顿在开篇就提供了方法。他表明自己意识到这项事业前所未有的大胆；他接受史诗作者要乞灵于缪斯的古老传统，表露了他构思、推敲到最终完成作品的心路历程。

关于人类最初违反天神命令

偷尝禁树的果子，把死亡和其他

各种各色的灾祸带来人间，并失去

伊甸乐园，直等到一个更伟大的人来，

才为我们恢复乐土的事，请歌咏吧，

天庭的诗神缪斯呀！您当年曾在那

神秘的何烈山头，或西奈的峰巅，

点化过那个牧羊人，最初向您的选民

宣讲太初天和地怎样从混沌中出生；

那锡安山似乎更加蒙您的喜悦，

下有西罗亚溪水在神殿近旁奔流；

因此我向那儿求您助我吟成这篇

大胆冒险的诗歌，追踪一段事迹——

从未有人尝试缀锦成文，吟咏成诗的

题材，遐想凌云，飞越爱奥尼的高峰。

特别请您，圣灵呀！您喜爱公正

和清洁的心胸，胜过所有的神殿。

请您教导我，因为您无所不知；

17　　您从太初便存在，张开巨大的翅膀，

像鸽子一样孵伏那洪荒，使它怀孕，

愿您的光明照耀我心中的蒙昧，

提举而且撑持我的卑微；使我能够

适应这个伟大主题的崇高境界，

使我能够阐明永恒的天理，

向世人昭示天道的公正。（Ⅰ.1–26）

Of Mans First Disobedience, and the Fruit

Of that Forbidden Tree, whose mortal tast

Brought Death into the World, and all our woe,

With loss of *Eden*, till one greater Man

Restore us, and regain the blissful Seat,

Sing Heav'nly Muse, that on the secret top

Of *Oreb*, or of *Sinai*, didst inspire

That Shepherd, who first taught the chosen Seed,

In the Beginning how the Heav'ns and Earth

Rose out of Chaos: or if *Sion* Hill

Delight thee more, and *Siloa's* Brook that flow'd

Fast by the Oracle of God; I thence

Invoke thy aid to my adventurous Song,

That with no middle flight intends to soar

Above th' *Aonian* Mount, while it pursues

Things unattempted yet in Prose or Rhime.

And chiefly Thou O Spirit, that dost prefer

Before all Temples th' upright heart and pure,
Instruct me, for Thou know'st; Thou from the first
Wast present, and with mightly wings outspread
Dove-like satst brooding on the vast Abyss
And mad'st it pregnant: What in me is dark
Illumine, what is low raise and support;
That to the highth of this great Argument
I may assert Eternal Providence,
And justifie the ways of God to men.

弥尔顿遵循传统,开篇就概括了他的论点和情节。不过,他也有偏离传统的一面,荷马和维吉尔只是简短地向缪斯乞灵,弥尔顿却大段铺叙,这是其天赋的特色。诗歌开篇乞灵缪斯,是史诗作者宣告自身题材重大和真实的方式。他不是编造事物。他只是讲述缪斯的显灵。史诗必须做这样的宣称;它不是假的,它是真的、重要的。诗人获得缪斯给他显示的真理,现在要显示给我们。他是凭借比他自己更重要的权威在对我们言说。但弥尔顿乞灵的这个缪斯,不是希腊神话中的九个缪斯之一,尽管她和希腊神话中司职天文的那个缪斯同名,正如我们在第七卷开篇知道,也叫尤拉尼亚

（Urania）。她是弥尔顿在第一卷呼吁的那个"天庭的缪斯"，是启迪以色列诗人和先知的那个司职圣歌和预言的缪斯，是太初创造万物之前就有的司职天启的缪斯，是在全能的天父面前一道嬉戏的"永恒的智慧"的姊妹。弥尔顿的缪斯是关于神圣事物的一切人类知识的源头，是人类表达这些神圣事物的力量的源头。

弥尔顿在《论基督教教义》中宣布，如其所是地认知上帝，这超越了人类思想之力，更超越了人类认知之力。他补充说：

> 最保险的方式是在我们心灵中形成那样一个上帝的观念，符合神圣经典中他的自我描述和再现。因为假如对上帝的直接性和比喻性的描述就是那样，他不是按照真实的面目展示给我们，而是以那样可能在我们理解的范围之内的一种方式，不过，我们应该喜欢那样一种上帝的观念，因为在屈尊允许自己让我们有能力去理解他的过程中，他显示出他渴望我们应该想象出他的样子。（第一卷，第一章）

18

我们关于上帝的知识来源于圣经，但圣经是神圣的、受到启示的虚构。这个天庭的缪斯就是圣经作者的启示者，她对他们言说，借助他们用人类智性可以理解的形式传递关于上帝的真知，正如锡德尼所说，帮助人们"效仿上帝不可思议的卓越"。

无论是以什么名义，无论在何处圣殿，向神祇乞灵，这是古老的传统。弥尔顿遵循这种古老的传统，向他的缪斯乞灵。首先，他呼吁的是给予摩西灵感的缪斯。摩西独自在云遮雾绕的西奈山上待了四十个日夜，据说得到神启，不但学会了律法，而且获悉了他在创世记中宣讲的创世的秘密。然后，他呼吁的是喜欢在锡安山下西罗亚溪水边出没的缪斯。锡安山上有一座圣殿，里面藏有"上帝的神谕"，包含着作为上帝与子民同在之信物的约柜。西罗亚溪水，就像皮埃里泉水，其源头在一座山，那座山和奥林匹斯山一样，上面住着最高的神。耶稣告诉那位他用黏土和唾沫涂了眼睛的盲人，到西罗亚溪水里去清洗眼睛。因此，西罗亚溪水是显灵的缪斯喜欢出没之地。弥尔顿开篇就将两座神山置于我们读者面前：一座是西奈山，摩西在那里的云雾和风暴中接受了特别的神启；另一座是锡安山，上帝在那里与人立约，追求他的人可以在那里找到他与人同在的信物。蒙受召唤之人，启示将不请自来。如果上帝允诺可以找到启示，启示也是可以求得的。

我们如何看待弥尔顿乞灵的缪斯？她是不是圣灵的隐喻？肯定不是；因为弥尔顿以大不相同的口吻从对**缪斯**的乞灵转向对圣灵的祈祷。她也肯定不只是圣灵的恩赐之一的化身；若是化身，不会用那样热情和虔诚的口吻与之说话。我们或许吊诡地说，乞灵于缪斯，是异教诗人荷马和维吉尔的传统，但对于基督教诗人弥尔顿，却不属于传统。如此说来，莫非她是一个形而上的现实？弥尔顿在精神上真的相信天庭缪斯的存在，正如人们相信天使，或者正如新柏拉图主义者相信"流溢物"，在生命的等级上居于神和人之间的居间性有灵之物？我认为我们也必须放弃这个观点。这个天庭的缪斯在这部史诗中没有身份地位。她与诗人密不可分，她不是诗人呈现给我们的世界的一部分。她没有另一种现实。在乞灵于她时，弥尔顿概述了他对身为诗人的神圣感，他使命的真切、主题的崇高，他对自己胆识的惊叹，感觉通过自身"能够阐明永恒的天理，向世人昭示天道的公正"。在乞灵帮助的时候，弥尔顿也表示，尽管"身在危机四伏的黑暗中"独自前行，但他并不孤单;因为他有伟大的同道,有些在他身前,有些在他身后,"弹奏着爱的圣歌突然出现"。通过他的乞灵,他声称,灵感是现实,不是主观的想象。这个天庭的缪斯是弥尔顿对诗歌信仰的化身,不只是作为史诗开头的惯例,不只是笼罩在华兹华斯诗歌中的那些"力量"。[19]

20 　　从西奈山的缪斯和锡安山的缪斯,弥尔顿转向祈祷圣灵。我想,每个读到《失乐园》卷一开场部分(I. 1–26)的读者,肯定都会惊讶于语气和节奏出现的剧变。前面十六行对缪斯的乞灵,是一个长长的流水句,谓语动词尽量延迟出场,最终以迫切的愿望追求

从未有人尝试缀锦成文,吟咏成诗的题材——

随后的十行是向圣灵的祈祷,也是一句,但由短小的从句构成,句法更简单、更庄严、更平衡:

愿您的光明照耀我心中的蒙昧,
提举而且撑持我的卑微;

并且

> 使我能够阐明永恒的天理，
>
> 向世人昭示天道的公正。

前面一句对缪斯的乞灵，语气大胆而自信，同样的语气也出现在卷三和卷七中向天庭的缪斯乞灵的开场部分。[20]后面一句对圣灵的祈祷，则是真正的祈祷，正如所有的祈祷一样，必须根植于谦卑。

在《失乐园》卷一开场的二十六行中，弥尔顿展现了其宏大风格的幅度，他将用之来包容对立的两极。肯尼斯·克拉克爵士在《星期日泰晤士报》发表了一系列文章，后来扩展为他一九六〇年出版的著作《观画》。他选择了维多利亚和阿尔伯特博物馆收藏的拉斐尔的画作《神奇的一网鱼》来教导我们，如果我们"足够冷静和强大，愿意付出努力"，我们"就能参与这种艰辛宏伟的生活"。他说，拉斐尔这幅作品的世界，

> 是一个远离实际经验的世界，正如弥尔顿的语言
> 和意象远离日常话语。无论路加福音中原初片段 21

的情景如何，它不像这个样，拉斐尔也从来没有认为就是这个样。但他处理的是一个伟大主题，装饰基督教王国最辉煌的殿堂，因此每个人物和事件必须表现得尽量高贵，以充分挖掘这个故事的内涵。他所谓的高贵是什么意思？且看《神奇的一网鱼》，我们看见人物形象是人类中强健而英俊的范本……他们没有迟疑，没有私心，而是站在旷野中，全神贯注于所做的事情。但是，生命的状态借助风格实现。正如弥尔顿的语词能够把几乎每个细节提升到某种高贵的程度，同样，拉斐尔有能力找到一种简单但可以理解的美好对等物，表达他看见的一切，为整个场景赋予了崇高的统一性。

肯尼斯爵士说，没有这种风格的统一，画中两组船上人物"不同的表情"会令他不安。右边一组船上人物是西庇太（Zebedee）和他两个儿子，代表了"为艺术而艺术"。在这两个俯身看着渔网的儿子身上，拉斐尔"有意识地证明他对**布局**（disegno）的掌控，布局是文艺复兴时期的一个关键词，意思是绘画、设计和理念合一"。西庇太的形象"是故意让人想起一个古老的河

《神奇的一网鱼》(拉斐尔;维多利亚和阿尔伯特博物馆;皇家版权)

神；这一船精彩的人物形象都是针对内行言说，只要任何关于古典传统的记忆不丢，这些内行必然从中感受到愉悦"。左边一组船上人物是基督、彼得和安得烈，

> 他们在对基督信徒言说。"主啊，离开我，我是个罪人。"拉斐尔的想象被对一种神奇的好运而产生的非常具有人情味的反应而感染和加速，结果，真实压倒了风格。

但是，在区分了艺术的胜利和真实的胜利之后，肯尼斯爵士回头阐明整幅构图的统一性，包括艺术家借助流淌在整幅画面的"有韵律的节奏"而体现的对于美丽形态的激情和对于浓厚人情的反应。他注意到这种节奏在祈祷的彼得和给予慰藉的基督这两个形象上"惊人地加速"："所有的技巧都是为彼得充满激情的行动做铺垫，最终是给予慰藉的基督，他的手既阻止又接受了彼得的情感。"[21]

22

我很高兴承蒙允许引用对这一幅伟大画作的分析。照我看来，它与《失乐园》密切相关。肯尼斯爵士用来形容成熟时期拉斐尔风格的评语——"他具有无

与伦比的同化力量"——同样可以运用于弥尔顿。肯尼斯爵士指出的两组人物的反差，一组呼吁我们的美感和传统，另一组"在对基督信徒言说"，这种反差正如我们在《失乐园》开篇意识到的反差，弥尔顿从自信地乞灵天庭的缪斯，转向对"喜爱正直纯粹之心"胜过所有神殿的那个圣灵祈祷。从西奈山和锡安山，也就是启示的虚构的发源地（真实的事物为这些虚构遮蔽，只能靠想象和智力去接近），我们转到信徒的密室，在那里偷偷地乞求圣灵的帮助。从思考伟大艺术的题材，诗歌的"宏论"或情节，弥尔顿的心思转向他敢于希望的东西：他的诗歌将"阐明永恒的天理"。

在讨论弥尔顿的教诲意图的时候，人们通常引用《失乐园》卷一开场白的最后一行，说他是为了"向世人昭示天道的公正"。这一行其实是对前一行醒目地扩充，变换了强调的重心，用节制清晰的方式收尾句子。在前一行中，弥尔顿祈祷他将"阐明永恒的天理"。"永恒的天理"是整首诗歌的动力和宗教主题。"天理"（Providence）是《失乐园》开场白倒数第二行最后一个词语，在《失乐园》即将结尾的时候，当亚当和夏娃离开伊甸园，进入我们知道的这个世界，开启人类历史的时

23

候,这个词语再次出现:

> 世界整个放在他们面前,让他们选择
> 安身的地方,天理作他们的指导。
> 二人手携手,慢移流浪的脚步,
> 告别伊甸,踏上他们孤寂的路途。(XII.645-9)

> The World was all before them, where to chose
> Thir place of rest, and Providence thir guide:
> They hand in hand with wandring steps and slow,
> Through *Eden* took thir solitarie way.

这是一个精致平静的结尾,什么都没有包含进去,"孤寂"一词给了它感人的悲情。没有天使的护卫或明显可见的保护,只靠彼此爱的慰藉和捍卫,亚当和夏娃看起来如此渺小孤寂,他们离开伊甸园,走进时间的世界。然而,如果弥尔顿成功地满足了人心和想象,重申了上帝对人不离不弃的关爱,那么他们也并不孤寂。弥尔顿祈祷他重述的这个伟大故事展示的就是这种"天理",正是在这里,他希望不但让艺术内行感到高兴,而且"在对基督信徒言说"。

我不认为,弥尔顿在开始写作《失乐园》时,深信他能够解决天理观内在的思想问题和难题。我也不认为,他没有意识到这些难题。相信上帝的意志是发生的一切和存在的一切背后的终极动因,这种信仰牵涉的思想和道德难题太过明显,任何机敏的学童都可指出。相信上帝是万能的,他的意旨不能违逆,但是他的造物可以自由选择,自由行动,为自己行动负责,无论神学家怎么辩称,乍看起来,这都相当于相信一种逻辑矛盾。求助于"哲人的上帝"——这个上帝不知道人世,他既没有用意志行为创造人世,也对人类历史不感兴趣——正如柯林伍德所说,会消除思想上的"许多难堪":

24
　　　　我们就没有必要再认为,上帝要为满世间的恶——这是流行的基督教神学总会面对的一个严峻道德难题——负责,要对此保持宽容,甚至更糟糕地想,是他故意而为;我们就没有必要再认为,上帝看得见颜色,听得到声音,等等,这意味着他有眼睛,有耳朵,或者要不,他知道一个世界,如此不同于我们的世界,以至于我们不再能以同样的名字相称。

但柯林伍德补充说，"尽管我们会从中得到很大好处，但是这些好处会被我们不由自主感觉到的更大损失所抵消"：

> 上帝关注世人的生活，指引历史的进程，判断历史行为，最终将之收回与他自己融合为一，没有了这样一种想法，我们根本就不会在意想到上帝。[22]

我们应该记得，在《失乐园》卷二，那些堕落的天使

> 就天理、先见、意志和命运，
> 就是定名、自由意志和绝对的先见等问题
> 试作高谈阔论，但都很迷茫，
> 如坠云里雾中，得不到结论。（Ⅱ.557-60）

> Of Providence, Foreknowledge, Will, and Fate,
> Fixt Fate, free will, foreknowledge ansolute,
> And found no end, in wandring mazes lost.

尽管都是堕落天使，他们仍然"高谈阔论"（reason'd

high），是有思想的生灵。弥尔顿对理性的力量有着高度的信心，但在这里清晰暗示了其局限。正如他在《复乐园》中，谈到古老哲人的"猜测"（conjectures）和"幻想"（fancies），"无一建立在坚实的基础上"（built on nothing firm），重申了理性的局限：

他们不知道自己，更不知道上帝，

不知道世界如何开始，人是如何堕落，

不知道自己作践，需要仰靠神恩。

他们奢谈灵魂，但都是歪曲，

他们在自身找寻美德，傲慢地

将所有光荣献给自己，无一献给上帝，

相反却用惯用的命运的名义

指责他，漠不关心世间万物。[23]

Ignorant of themselves, of God much more,

And how the world began, and how man fell

Degraded by himself, on grace depending.

Much of the Soul they talk, but all awrie,

And in themselves seek virtue, and to themselves

All glory arrogate, to God give none,

Rather accuse him under usual names,

Fortune and Fate, as one regardless quite

Of mortal things.

正是在上帝"关心"世间万物的启示中，弥尔顿发现，古 25
人的智慧和圣经的智慧之间有差异。

　　正如我说过，如果我不能相信，当弥尔顿宣称他的
目的是"阐明永恒的天理"时，他认为自己是要提供一
种方案，解决圣经中上帝观——这种观念会满足没有
得到支持的理性——内在的难题，那么，我也不能相
信，他快乐地罔顾以史诗形式演绎上帝观不可避免会
带来的困境。事实上，他不但没有极力隐藏这个问题，
反而一再主动呈现给读者。与其认为弥尔顿对自己的
所为懵懂不知，不顾我们看来一清二楚的思想难题而
继续犯错，我们倒不如向他的道德和知性真诚致意，没
有躲避任何信仰以色列的上帝引起的种种问题。尽管
我对燕卜荪教授书中的许多观点都不同意，但在这一
点上我们是一致的：对于弥尔顿"朴实的英雄气概"，
对于笼罩着《失乐园》的大度和真诚，我们深表尊重，并
至为感动。他身处的困境是明显的：一方面，他冒险把

上帝塑造成"可笑"的人物；另一方面，他冒险将其他角色塑造成"嘲笑"上帝的人物。要么，上帝在面对违抗和反叛时无能为力；要么，正如燕卜荪教授所说，上帝是一个"骗子"，他欺骗自己作战的部队，任由撒旦为所欲为且最终自作自受，他把绝杀藏在手中，最重要的是，导演了人之堕落这场戏。当然，正是后一种困局，弥尔顿一再陷入其中，正如事实上他必须陷入其中。即便他的天父更像是人们崇拜的上帝，没有那么多"神学院"气质，更不会喜欢开燕卜荪教授所谓的"令人毛骨悚然的玩笑"，这种困局依然存在。这纯属浪费才智，去证明弥尔顿根本没有想要掩饰的观点：对于我们知道的这个世界，对于《失乐园》中发生的一切，终极的责任都是上帝的责任。弥尔顿认为这是理所当然的，他可能认为他的读者也会认为这是理所当然的，正如弥尔顿也必然认为上帝顾名思义就是好的，这是理所当然的。面对信仰会"探视和救赎他的子民"的以色列人的上帝会牵涉的困境，面对信仰其意志是"自由行动或不行动"、他按照自己的形象创造了人并且赋予人同样自由的这样一个上帝会牵涉的困境，弥尔顿展现了他的勇气和真诚。

我认为，弥尔顿投身写作《失乐园》，不是希望借此说服自己和读者，相信基督教是"有道理的"。相反，我认为，他选择这个题材，是给予他最大可能的空间，在已知和已接受的真理的基础上，充分发挥想象和创造。与其将批评的焦点放在这个题材的难度，不如更好地用来看清弥尔顿如何利用其中蕴含的巨大机会。他赋予这个故事特别的焦点，他特别强调的重点，部分说来就是他所在时代的重点；更重要的是，那是他自己精神和气质的重点。他所在时代的重点是我们必须承认的东西；他自身的重点是仍然对我们言说的东西。许多方面，弥尔顿远离我们认为是十七世纪特征的那些问题。围绕赎罪论，各种关于忏悔方式的大论战，信仰和工作的关系，教会的秩序，圣礼的性质，这些问题对于《失乐园》的真正题材来说都处于边缘。如果我们想一想十七世纪的宗教写作，我们必然会吃惊，《失乐园》里对十七世纪的重要话题反映很少。罪感意识、救赎的需要、对死亡的战栗、对审判的恐惧、对再生的希冀，这些都不是《失乐园》表现的重要主题。无论在他的诗歌中，还是在他的散文中，我们在弥尔顿的声音里都没有听到个人痛苦的凄厉音符，而那种音符给了多恩的宗

27

教诗歌和布道词言说的力量,对那些或许不认同他的信仰但承认其现实困境之人言说。弥尔顿与他的时代共享了某些今日完全无法接受的观念;将"罪"(sin)等同于"罪行"(guilt);一种使他完全不能用理性来想象诱惑和罪的过时心理学;一种狭隘的墨守成规的赎罪论。《失乐园》的伟大不在于表现这些常见的十七世纪神学和思想,而在于弥尔顿用以表现某些个人信念的热诚和力量。

弥尔顿浓墨重彩表现的思想是上帝在创世过程中显示的善和慷慨,他对于堕落的人的神恩,以及他将善从恶中带出来的意志和力量。正是在人对于上帝的慷慨和神恩的反应方面,《失乐园》的宗教感情最为纯粹、最为强大,正如其伦理道德力量在于这种力量和这种美:它以这种力量断言了意志的自由,意志的自由馈赠了人作为负责任的生灵相应的尊严;它带着这种美展示了亚当和夏娃相互之爱的欢乐和慰藉。至于住在天堂的天使中间为什么会出现恶意,《失乐园》并不在意回答这样的黑暗问题。格里尔森机智地说,"如果一个学校或国家有三分之一的人叛乱,我们应该被迫甚至主动怀疑最高权力机关管理不当"[24];如果我们不承认整个故事建立的前提——上帝创造了天使和人类——我们当然可以用这句话来评论这个故事，无论它如何被处理。上帝不能比喻成一个信誉受到老师怀疑的校长。[25] 堕落天使的故事无助于解释恶的神秘起源。它只是宣称，恶不仅仅是人间的东西，还是一种宇宙之力。在这里，正如他可能在整首诗里，弥尔顿只能依赖格里尔森在另外的地方所谓的"对于圣经的无限敬重"，发明和阐释他不能想象会遭质疑的基础。他知道整个故事在某种意义上是虚构，正如他相信是受到神灵启示的虚构。圣经里的上帝，他诗歌里的上帝，不是那个住在不可接近的光里的上帝，不是那个"比我们最高的思想还高，比我们最深的思想还深"的上帝，而是上帝的意象，能够被生活在时空中的心智把握。整首诗歌中，弥尔顿提醒我们，在他呈现的戏剧背后，存在这样一个"暗中透亮"的上帝。他不再认为他诗歌里的天父是上帝本尊，正如米开朗琪罗认为他笔下创造亚当的强大古人，不过是一切生灵之创造者的黯淡意象。认为弥尔顿把上帝想象为他诗歌里的战略家和反讽家，犹如认为米开朗琪罗会相信上帝有两条强健的腿脚一样幼稚天真。弥尔顿和米开朗琪罗都必须接受他们艺术的局限性,通过有局限性的艺术,他们表达了超越叙事和绘画意象的观念。我认为,如果按照欣赏文艺复兴时期基督教题材伟大画作的方式来阅读《失乐园》,我们会读得最透。关于这首诗的现代批评,在我看来,许多都不着调,正如在欣赏《东方三博士来朝》这样一幅伟大的画作时,却问既然这三个庄严的博士走过了背景中的雪地,怎么靴子上没有雪,或者在欣赏《圣母升天》这样一幅伟大的画作时,却抱怨画家仍然没有成功说服我们,不借助明显可见的支撑方式人体仍然有可能悬空。

注释

[1] C. 里克斯,《弥尔顿的宏伟风格》(1963)。

[2] 《〈失乐园〉序》(1942),页 130。在此提到的利维斯博士的这篇文章最初发表于一九三三年的《细察》,一九三六年重刊于《重估》,几乎与此同时,艾略特在《论文与研究》(1935)中发表了文章《关于约翰·弥尔顿诗歌的一则札记》。与埃兹拉·庞德先生一样,艾略特多年来出于同样的理由一直在批评弥尔顿;参见他一九二一年那篇名文《玄学派诗人》。

[3] 在拙作《T. S. 艾略特的艺术》(1949)第一章(页 1-

34），我讨论了艾略特极力找到自我的"声音"，暗示他的"中国长城"更多受惠于莎士比亚的素体诗而非弥尔顿的素体诗。

[4]《〈暴风雨〉导言》（"Prologue to The Tempest"）。德莱顿为莎士比亚"按照时人的信仰写作"而深表遗憾，因为莎士比亚的时代已经放弃了对"魔力"的信仰；但是，在读到莎士比亚之后的戏剧诗时，我脑海里总是冒出这两行诗句。

[5] 参见《意象与经验》（Image and Experience, 1960）。

[6] 参见《力量与孤绝》（"Strength and Isolation"），该文收录于《不朽的弥尔顿》，弗兰克·克默德编辑（1960）。

[7]《〈埃涅阿斯纪〉献辞》（"Dedication of the Aeneis"），《论文集》（Essays），W. P. 克尔（W. P. Ker）编辑（1926），第二部分，页165。

[8]《弥尔顿》（"Milton"），见《诗人传》（Lives of the Poets）："《失乐园》的整体构思有个缺陷，那就是它不含有世人的行为，也不含有人世的风尚。诗中男女所做的一切，所受的一切，究竟是何况味，其他男女永远无从知道。读者找不到任何可以参与其中的人间事务，看不出任何可以想象自己身临其中的情境；因此，他就不能自然地生出好奇心和同情心。"

[9]《为诗辩护》（"A Defense of Poetry"），载《四个时代的诗歌》（Four Ages of Poetry），H. F. B. 布雷特-史密斯（H. F. B. Brett-Smith）编辑（1921），页46–47。

[10]《弥尔顿的上帝》，页275，页276–277。

[11]《关于约翰·弥尔顿诗歌的一则札记》，《论文与研究》（1936），页38。在同一篇文章中，艾略特除了宣称，作为一个人，弥尔顿"引人反感"，他还否认他说过弥尔顿"讨人喜欢"，思想上受人尊重："无论从道德学家的角度，还是神学家的角度、心理学家的角度或政治哲人……的角度来看，弥尔顿都难以令人满意。"（页32）

[12] 奥尔德斯·赫胥黎（Aldous Huxley）作品《那些索然无味的书页》（*Those Barren Leaves*，1925）中的卡丹先生（Mr. Cardan）精彩地表达了二十世纪二十年代的这种观点："《失乐园》中的神学部分以及对弥尔顿本人来说最根本、核心的部分，现在看起来如此荒谬可笑，我们完全可以不屑一顾。如果有人谈到弥尔顿，我们会浮想起什么？一个伟大的宗教诗人？不。对于我们来说，弥尔顿不过是一堆毫无联系的段落的集合，这些段落充满了亮光、色彩和雷鸣般的和谐，如同响彻音乐的星星，悬挂在虚无的天空。"

[13]《〈失乐园〉序》，页91。

[14] 收入《〈失乐园〉及其批评家》（1947）。

[15]《评〈失乐园〉》（1960）。

[16] 彼得教授没有解释人为何只凭智力（无论多么高）就想出理由，足以欺蒙神灵。

[17]《〈失乐园〉序》,页103。

[18]《〈失乐园〉序》,页121。

[19] 对观华兹华斯《序曲》（卷六）：

> 想象,一种因人类语言的无力
>
> 而得此名称的功能,当时你那令人
>
> 敬畏的力量从心灵的深渊升起,
>
> 犹如无根的云雾,刹那间笼住
>
> 一位孤独的旅人。（丁宏为 译）

> Imagination—here the Power so called
>
> Through sad incompetence of human speech,
>
> That awful Power rose from the mind's abyss
>
> Like an unfathered vapour that enwraps,
>
> At once, some lonely traveler.

利用接下来的一句"以那样非法的力量"（in such strength of usurpation）,华兹华斯表明,他的"想象"不只是个体心灵的能力。

[20] 卷六的开场部分没有同样的语气,弥尔顿把"调子转为悲剧",直抵这首诗歌的人类主题的核心。尽管他在此没有乞灵缪斯,但他谦卑地希望,她可以给他"与此相应的文体

和风格"。

［21］肯尼斯·克拉克,《观画》(1960),页63–67。

［22］《自然的观念》(*The Idea of Nature*, 1945), Galaxy Books,重印于1960年,页88。

［23］《复乐园》,第四部,页310–318。

［24］H. T. C. 格里尔森,《弥尔顿与华兹华斯》(*Milton and Wordsworth*, 1937),页116。

［25］参见燕卜荪,《弥尔顿的上帝》,页95。

二、《失乐园》的世界

　　伟大的艺术品都创造了自身的世界，服从其自身的想象性法则。我们在阅读、欣赏或倾听的过程中，逐渐领悟什么可能是所期待的东西，什么可能不是所期待的东西，什么是我们能够要求的东西，什么是我们不能或不应该问的东西。正是在这种意义上，我想探讨一下《失乐园》的世界，也就是弥尔顿想象力创造的东西，而不是他的宇宙论。

　　《失乐园》的世界具有强烈的戏剧性。它充满了能量和意志。正如弥尔顿告诉我们，他很早就选择了史诗的题材，只是迟迟才动笔写他的"英雄之歌"。我们知道，他选来创作史诗的题材，最初是想用来创作悲剧。在用同一题材来创作史诗之前多年，他至少四易其稿，创作关于人类堕落的一部悲剧。弥尔顿的外甥证明说，他看见过弥尔顿所写撒旦在尼法提斯山上独白的开场,作为一部悲剧的开头,"大约十五六年后,弥尔顿才动心写作史诗"。《失乐园》中有许多段落,与弥尔顿为拟写的悲剧所作详细大纲的一些片段相吻合,它们或许就是为那部最终抛弃的悲剧准备的素材,只不过后来移植入他的史诗。但是,《失乐园》的戏剧性,并不是由于这部史诗中可能残留了他拟写的悲剧留下的化石。我们立刻感到吃惊的是,弥尔顿为他关于人类堕落的悲剧写的草稿毫无戏剧性,如果严格按照戏剧形式来打造,这个题材必然同样毫无戏剧性。因为,尽管天父可能是史诗中的演员,但他几乎不可能登台;亚当和夏娃这两个主角,只有在堕落之后,才能出场。诗人或许可以用语言来暗示"庄重的裸体"上的光辉,画家或许可以用色彩来表现他们圣洁的美,但戏剧家没有那样的特权。而且,古典戏剧要求地点统一在天堂这样一个场景,把宇宙的战斗缩减成歌队的任务和守卫天使与撒旦之间的骂战。难以想象,在舞台上,怎样把凡人扮演的天堂卫队和一个被发现的卧底之间的冲突表现得光彩夺目、印象深刻。在十七世纪四十年代初,弥尔顿一度固执地要把这个没有成功希望的题材打造成一部悲剧,表明这个题材牢牢占据了他的想象：他已经找到了他想要写作的主题。

对于弥尔顿这样具有欧洲视野的人，从英国人或撒克逊人历史选择的任何题材，难免都有不够气派的缺点。在十七世纪，除了英伦三岛之人，谁会关心阿尔弗雷德大帝，更别提那些无名的英王？尽管弥尔顿已经决定用英语写作，用他自己的语言为同胞写作，但他在文化上而言是一个欧洲人。他肯定觉得，阿尔弗雷德大帝反抗丹麦人入侵的战争题材，对于他渴望写的这首关于整个世界的诗歌过于狭隘，亚瑟王的故事又荒诞得难以置信，无法承载史诗的真实和严肃。我们不知道到底是在哪一刻，弥尔顿改变了主意，意识到他一心想用之于悲剧的题材，更适合于写史诗，意识到他在第一个人——我们的始祖亚当——身上找到了他一直寻找的主人公，意识到他会写一部关于全人类的史诗。但是，他一直认为这个题材是一个悲剧题材，还是深刻地影响了他以叙事的形式进行处理。吊诡的是，以史诗形式来处理这个题材，相比于受限的戏剧形式最可能达到的效果，一大优势是使得以更戏剧化的方式来处理这个故事中的每一元素成为可能。

约翰生博士把史诗的发明归于荷马"强劲博大的

31

胸怀",谈到史诗的艺术时,他把"对话的插入"作为其主要特征之一。戏剧的即时性是一切史诗的性质,区别于浪漫的叙事。史诗总是要强化戏剧性,呈现人物以相互的冲突和激烈的言辞表达他们信念、恐惧、希望和感情的场景。但《失乐园》尤其引人瞩目的一点是,它包含了太多的争执、讨论、劝告和悲叹。这部史诗的大部分是直接引语。我们立马会想到如下场景:作品开头时撒旦和别西卜(Beelzebub)的对话;地狱里的辩论;阿伯狄的挑衅;夏娃受到的引诱;亚当和夏娃的争吵。但是,除了这些表现意志交锋的戏剧冲突场景,弥尔顿还前所未有地运用了独白这种伊丽莎白时代戏剧最突出的特征。撒旦至少有五次很长的独白,几乎与哈姆雷特的独白次数相当。亚当那段充满悲叹的独白,长达一百二十行。

弥尔顿想用戏剧形式处理他的题材时,面临的困难是他的两个主角只有在戏剧活动出现危机之后才能显身。他必须用来开场的人物是"为倒台而哭泣、一心寻求报复"的撒旦。按照弥尔顿外甥的说法,弥尔顿已经动笔写了撒旦这一部分。对撒旦这个人物的强烈戏剧性处理,是牢牢占据弥尔顿想象力的一个主要原因。

32

在弥尔顿充满创意的想象中,《失乐园》最早的开头是要直接表现撒旦的痛苦和失落,他对上帝入骨的仇恨和他对人类的恶意。撒旦具有戏剧人物的客观性,他抵制一切将他简化为恶之化身的诱惑。他的同道是在悲剧舞台上。[1]弥尔顿受惠于斯宾塞,明明白白显示于他的作品中,前人论述已多。但他与剧作家,特别是与莎士比亚的关系,还很少有人探讨。

弥尔顿对于上帝的刻画,其中最令人反感的一些东西,也来自这种充满戏剧性的想象。尽管约翰生博士觉得没有必要,但《失乐园》中的这个"形象"还是需要讨论。他几乎完全被构想成力量和意志,全能的力量和无限的意志;他显露出讽刺和嘲笑,这种与其他品质隔绝的全能之力,对于不自量力威胁他的那些次级的力量来说,必然会感觉到讽刺和嘲笑。我们还可以补充说,他展示了脾气的喜怒无常,这是不受控制的意志的标志。弥尔顿也赋予了他许多戏剧行动:他突然夸耀神子;在问谁自告奋勇去拯救人类时,他把天堂打理得井井有条。弥尔顿发挥想象力,把天堂里无休的议事以时序的形式投射进入戏剧性时刻,把神子主动提出拯救世界的那一场戏,与撒旦主动提出要不惜一切代价摧毁世界的这一场戏并置在一起。

《失乐园》的结构和布局也把戏剧焦点集中在一个高潮。最初将这个题材用戏剧形式处理时，弥尔顿就面临这个问题，如何将讲求焦点集中的古典戏剧的题材，转化成能够填充庞大而散漫的古典史诗的题材。《失乐园》中的直接行动尽管意义重大，但数量却很少。它本质上是一个延展的戏剧动作。弥尔顿能够用来延展的唯一方式，是开掘撒旦这个人物及其作用。他不能长篇累牍地描绘亚当和夏娃在堕落之前的生活。他们就像没有历史的幸福国度。他只能要么用天使的堕落和上帝的创世来开头进行延展，要么保持这种戏剧方案，在创世之后开始故事，讲述天使的堕落和处于关系中的创世。如果以上帝赞扬神子的那一幕来开场，应该会违背一切史诗的先例。史诗作者必须单刀直入开头。弥尔顿本来可以在这个故事的更早时间开始，而不用违背这种法则。但他选择了放弃，宁愿把第五卷的一部分、第六卷、第七卷、第八卷的一部分用来描写过去的事情，也就是在他的戏剧行动开始之前的事情，另外，在结尾的时候，他还补充了史诗作者对于未来事物的看法，占用了十一卷的一半和几乎十二卷的大部分篇幅。因此，《失乐园》超过三分之一的篇幅不是直接的戏剧行动，而是叙述性行为。而且，主人公这个所有史诗中的关键人物，直到四分之一的篇幅已过，才迟迟登场。诚然，在《奥德赛》这部一切叙事作品中结构最完美的作品中，主人公直到第五卷才露面，但这是例外。史诗作者通常都希望尽快把主人公送至读者面前。为主人公的登场吊足胃口、做漫长的准备，这是戏剧的惯用手法。

最终成稿的《失乐园》这部史诗的布局，保留了古典悲剧的聚焦，也就是剧情的危机时刻。一切都指向人之堕落，并从它出发。如此安排素材，弥尔顿可以把他的天国主题——天使叛乱和上帝创世——置于史诗的中心，展示毁灭和创造这两种相反的能量。但是，把这些大事件当成一种关系的题材，他表明，人类主题才是《失乐园》的真正主题；"人的第一次反叛"，是一切导向的时刻。人之堕落在地狱策划，在天堂被预见和找到解救之道。中间的几卷内容，相辅相成，是为人类做准备，为他们去爱造物主，服从造物主的意愿，接受最大考验做准备。整出戏剧的关节取决于两个简单的动作：

34

这样说着，她那性急的手

就在这不幸的时刻伸出采果而食。（IX.780-1）

So saying, her rash hand in evil hour
Forth reaching to the Fruit, she pluck'd, she eat:

以及

她慷慨地从枝上把那诱人的美果

摘下来给他。他不迟疑地吃了，

违反自己的识见，溺爱地被

女性的魅力所胜。大地再次

从内部震颤，自然再度呻吟，

空中乱云飞渡，闷雷沉吟，

为人间原罪的成立痛哭而洒泪雨。（IX.996-1004）

She gave him of that fair enticing Fruit
With liberal hand: he scrupl'd not to eat
Against his better knowledge, not deceav'd,
But fondly overcome with Fermal charm.

Earth trembl'd from her entrails, as again
In pangs, and Nature gave a second groan,
Skie lowr'd, and muttering Thunder, some sad drops
Wept at compleating of the mortal Sin
Original.

这些细小的象征行为——伸手采果;一只手从另一只手接过果子;一只手拿起果子送到嘴里吃;另一只手接过果子吃——是整个剧情的高潮,弥尔顿没有对高潮进行渲染。突然而来的雨,不是可怕的暴雨:"空中乱云飞渡,闷雷沉吟,为人间原罪的成立痛哭而洒泪雨。"仅此而已。早在电影发明之前,弥尔顿就预料到其最激动人心的方法之一:全景呈现,对一个国家或城市的俯瞰,镜头随后切换到一个村庄、一条街道、一户人家、一间屋子,最终定格在某个有意义的细小动作,拆开一封信,拿起一副眼镜。强烈的戏剧性可以借助两种形式,尽情渲染动作和语言,便于想象力被风暴激起,或者如果我们有足够的准备,就直白地展示一个意义重大的小动作。当我们最终走到这一刻,背负着整首诗歌的重量,这样直白地呈现这个反叛的小动作,这种毫无戏剧性的呈现,其实最具戏剧性。

35

尽管《失乐园》的布局有史诗中前所未有的戏剧性聚焦，但它比起任何其他的史诗都有更恢宏的时空。它上至天国，下至地狱，从万物之始到万物之终，在其戏剧结构中，正如其天国主题所容许，可以为所欲为，将包罗这一切，视之为正当之特权。它既有严格的布局，也有无边的散漫；既集中在一个历史事件，同时也包括百科全书式的世界史。同样，如果我们认为，第一印象是极端戏剧性的想象在起作用，创造了一个宇宙，充满了独立的能量和意志，其中一切都生机勃勃，有其独立的生命和存在，超越它们在这场计划中的严格功能，甚至想象天堂的景观不是安排好的美丽静物画，而是鲜活的有机体，河流似乎是按照自己的意志在流动，太阳"照耀"大地，树木流出芬芳的汁液，野兽自由地嬉戏——那么，我们必须说，《失乐园》的世界丝毫不具有戏剧性，因为剧作家本人违背了戏剧表演的第一法则，自己从头至尾一直在场，成为戏剧中的一个演员。他不只是在精彩的序幕中出场，在那里，打破了所有史诗的先例，弥尔顿带领读者进入他希望、恐惧和悲伤的圣殿，而且从头至尾都在舞台上，作为戏剧的制片或导演。在似乎不可阻挡地爆发出的评论中，我们不断听到他的声音：

啊,人们真可耻! 判了罪的群魔

都能紧紧地团结一致,可是人们,

虽然是有理性的生灵,且有

得天惠的希望,却相互憎恨、

敌对、自相纷争,而且挑起

残酷的战争……(Ⅱ.496-501)

36

O shame to men! Devil with Devil damn'd

Firm concord holds, men onely disagree

Of Creatures rational, though under hope

Of heavenly Grace; and God proclaiming peace,

Yet live in hatred enmitie, and strife

Among themselves, and levie cruel warres. . .

或者

除了上帝以外,谁也不知道

怎样去正确评价当前的善,

却把最好的事曲解为最坏的,

或者派作最卑鄙龌龊的用场。（Ⅳ.201–4）

> So little knows
> Any but God alone, to value right
> The good before him, but perverts best things
> To worst abuse, or to thir meanest use.

在诸如以下的精彩段落，也能听到他的声音。比如，关于婚姻之爱的那一大段闲笔，结尾是这温柔的呼告：

> 幸福的夫妇呀，继续睡吧！如果
> 不求更大的幸福和更多的知识，
> 这就是至高无上的幸福了。（Ⅳ.773–5）

> Sleep on,
> Blest pair; and O yet happiest if ye seek
> No happier state, and know to know no more;

再如，在解释所作所言，想要操纵我们的感情和反应之时：

彼列这样强词夺理地说了

一大套，无非是为了躲懒求安逸，

不是为了和平。（Ⅱ.226-8）

Thus *Belial* with words cloath'd in reasons garb

Counsel'd ignoble ease, and peaceful sloath,

Not peace:

在连续运用赞词或咒语时，我们都能听到弥尔顿的声音。弥尔顿这种深度卷入史诗的在场，违背了古典原则，引起伊沃·温特斯教授等批评家的反感。温特斯抱怨道："我越来越讨厌这种毫无意义的注水，泛滥的情感导致题材出现枯燥的扭曲。"[2]另一些批评家认为，这种在场的手法表明，弥尔顿才是其史诗的真正主角，他针对想象出的撒旦发起了一场**过分的**战争。³⁷《失乐园》把强烈的个人情感注入伟大的普世性题材，有意要激发我们的情绪反应。在整部作品里，弥尔顿想要充分利用两个世界，或者按照彼得教授的说法，"既要保留蛋糕，又要吃掉蛋糕"。他想结合可能是相反的东西，获得两种通常不兼容的效果：一方面，确保悲剧的焦点，同时享受史诗的散漫；另一方面，既要使我们回应一个已接受的历史寓言的客观性，同时让我们参与一个表达了诗人情感和观点的故事。

同样的含混出现于对时空的处理。正如我说过，《失乐园》的直接行动非常短暂，弥尔顿恰是在这里，与传奇的模糊形成对比，带有史诗的精确。另一方面，这个故事的时间是无法估量的，延伸回到时间创造出来之前的永恒，朝前进入不再有时间的永恒。但即便是这里，为了符合剧情的利益，弥尔顿毫不迟疑地强加带有某种精确性的时间表，开始于上帝赞美神子的那个白天，当夜撒旦率队叛乱，次日战争开始。战斗打了三天后，神子出征平息叛乱。连续九天，叛逆天使穿越混沌，到了为他们准备的地方，又过了九天，他们"沉沦，辗转在烈火的深渊"。其间，上帝在六天里完成了创世，接下来是一个休息日，兴高采烈的亚当漫游乐园，为野兽命名，他发现自己很孤独，上帝就为他创造了夏娃相伴。

在被逐出天堂的第十九天，撒旦抬起头，对别西卜说话，诗歌的直接行动开始了。这里暧昧不清的是叛逆天使行军的时间、建造万魔殿的时间、撒旦穿过混沌

38

来到人世的时间╱但是，一旦撒旦抵达人世，这个被"巨大的光明"太阳主宰的世界，一张时间表又开始了，高潮是紧随人类堕落那一天的重要夜晚。那个晚上，命运降临在撒旦及其部众身上，将他们化为蛇；**罪**和**死**抵达人世；他们拆掉大地的柱子，我们熟悉的这个易变的、易堕落的世界，这个季节轮换、气候多样的世界由此诞生；亚当和夏娃和解，乞求上帝宽恕。次日，米迦勒（Michael）从天界下来，准备把亚当送进开始人类历史的世界，天使列队从天而降，亚当和夏娃被逐出乐园。

这张简短的时间表得到坚定有力的表述。尽管可以从诗歌中勾勒出来，但它对我们的想象产生的效果是很不同的。我们会觉得时间很漫长。弥尔顿和读者都深刻意识到，创世的六天不是我们生活经验的六天，天堂里的"天"（Day）与"夜"，诸如上帝赞美神子那一"天"，不是按照太阳起落来计算的一天。但不断使用"天"或"夜"等语词，比如"把曙光远射到黑暗的'夜'"（II.1033），再如

现在，夜已开始向轨道上走了，

召来黑暗笼盖天宇，以可喜的

休战和静寂,镇压可憎的战争骚音。(Ⅵ.406-7)

Now Night her course began, and over Heav'n
Inducing darkness, grateful truce impos'd,

再如

两天已经过去了,第三天该是你的了。(Ⅵ.700)

Two days are therefore past, the third is thine,

这样的用法产生了时间紧迫的效果,与重大事件和遥远距离相矛盾。同样,亚当对拉斐尔谈到他对夏娃的感觉时,或者夏娃对亚当说"和你说话我忘记了时间"时,他们并不是像只认识对方几天的人在谈话。弥尔顿在这里是含混的,他再次充分利用两个世界的优势;他利用了貌似精确的时间表,同时使他的诗歌似乎包含了亘古的感觉,包含了对于堕落之前的亚当和夏娃来说乐园里时间悠长的感觉。他强加给我们天堂的时间具有连续性,同时对我们宣称:

天神的行动迅速,比时间

和天体的运行更快;

Immediate are the Acts of God, more swift
Then time or motion;

然后立刻补充说:

可是人的耳朵

非用语言的顺序来说述,便不能领会,

好像领会地上的思想一样。(Ⅶ.176-9)

but to human ears
Cannot without process of speech be told,
So told as earthly notion can receave.

语词在时间中运动,弥尔顿的诗歌必须在时间中前行,但他不断暗示,这首史诗的时间是幻觉。这里,我们可以再次将之与伊丽莎白时代的戏剧进行类比。正如《奥赛罗》中存在双重时间,《李尔王》中,当李尔王在疯狂中漫游,埃德加带着瞎子葛洛斯特来见面之时,时间从冬天变成夏天。

弥尔顿对《失乐园》中空间或地理的处理同样含混。为了符合史诗的先例,弥尔顿也力求精确。在开头,他确保精确的量度。他宣布,从地狱到天堂的距离相当于天极到中心的三倍;撒旦及其同伙已经到了

> 那个地方
> 离开天神和天界的亮光,
> 相当于天极到中心的三倍那么远。(I. 72-74)

> their portion set
> As far remov'd from God and light of Heav'n
> As from the Center thrice to th' utmost Pole.

因为这段话出现在诗歌开头,它立刻让人产生了遥远距离的感觉,正如类似的时间尺度——

> 依照人间的计算,大约九天九夜,

他和他那一伙可怕的徒众，

沉沦辗转在烈火的深渊中。（Ⅰ.50-52）

Nine times the Space that measures Day and Night
To mortal men, he with his horrid crew
Lay vanquisht,

——也给了我们难以忍受的漫长痛苦和麻木感觉。当 40
他邀请我们进入诗歌时，弥尔顿在运用我们人类的尺
度来形象地传达广阔浩瀚的体悟。如果在夜晚仰望星
空，正如我们受邀请那样做，这距离似乎是无穷；想象
天空还要翻三倍，这击败了我们的力量。当然，认为古
代的天文学构想的世界小而温馨，正如它出现在草案
和素描中那样，或者地球在古老的宇宙构想中体积巨
大，这是谬误。现代的天文学的尺度是在不同的平台，
它们对我们想象的体悟没有任何意义；但托勒密的地
心说认为地球很小，相比于巨大环绕的天体，只是一个
点，只是一个麻点。因此，讲到创造出来的世界（《失乐
园》中总是以"世界"相称），亚当指的是地球：

　　　　　　　　　　这个地球

　　比起苍天和那么多的全部星星来

　　只不过是一点、一粒、一个原子，

　　群星似乎巡回于无限的空间,（Ⅷ.17-20）

　　　　　　　　　　　　　　a spot, a graine,
　　An Atom, with the Firmament compar'd
　　And all her numberd Starrs, that seem to rowle
　　Spaces incomprehensible,

他心想,这些灿烂的天体

　　　　　　　单在这暗淡的地球

　　这一小点的周围照亮,整天

　　整夜供给光明。（Ⅷ.22-23）

　　　　　　　　　　meerly to officiate light
　　Round this opacous Earth, this punctual spot.

旧的地心说的世界和新的日心说的世界,区别不在于
一个小、另一个大,而在于前者尽管巨大,但有限度,可

以形容和想象。它被原动力组成的更大外壳包围。哥白尼没有明白自己理论的意义，但无穷的宇宙已在弥尔顿的时代获得证明，尤其是经由布鲁诺阐明。无穷的宇宙这种新的感觉，在《失乐园》中是想象性存在。尽管弥尔顿采纳了旧的地心说观念作为基础，但他关于**混沌和深渊**——宇宙从中形成，世界在其中漂浮——的原创性观念，却给了我们另一种浩瀚无边的新观念，一种广大无垠的空间观念，在那里，没有方向感引导。在精确和含混、可以测量和不可测量的时空之间不断摇摆，这是弥尔顿俘获我们想象力的主要成分。他先是不断满足然后又挫败我们视觉化的力量。

41

　　从地狱到天堂的距离，相当于从中心到星球世界的天极三倍的距离，比到银河系固定的恒星还远，第一次的测量在一定程度上意在传达十分遥远的距离。但是，一个人要是不够聪明，想用它来建构绘制《失乐园》世界的比例图，很快会发现误入歧途。在第三卷，诚然，当他描述撒旦站在从世界的外壳通向天堂的阶梯，透过太空俯视，穿过星座走向太阳，在大天使尤烈儿（Uriel）的指引下来到地球，这时弥尔顿再一次向我们传递，创造出来的世界浩瀚无边。但在第二卷的结尾，

弥尔顿把整个星际世界缩小成从月球看去的一颗星的大小,当撒旦一路朝上行军打仗,穿过混沌,遥望"最高天",

> 就是用金链条悬挂在空中的这个世界,
> 好像月亮旁边一个最微细的星球。(Ⅱ.1051-3)

And fast by hanging in a golden Chain
This pendant world, in bigness as a Starr
Of smallest Magnitude close by the Moon.

比起这个微细的星球能够提供的任何尺度,地狱明显离天堂更为遥远。但是当我们发现**罪**和**死**在撒旦千辛万苦才穿越的**混沌**之上建了一条通道,那遥远的距离也并非难以想象,不过就像是欧亚分界线的达达尼尔海峡。

42　　　但丁笔下的**地狱**是世界的中心。自从麦考利以来,将弥尔顿无边无际的"地狱"和但丁具有精确地理位置、可以画出层级的**地狱**进行比较,这是批评常识。弥尔顿把笔下的**地狱**置于混沌和深渊之中。在第一卷序幕中,他为这样做给了一个符合逻辑的理由:背叛的天使掉落到为他们准备的地方之后，才创造出天和地。但真正的原因肯定是想象性的。在创造出地狱和世界之前，只有无垠空间，分成了天堂（最高天）和混沌（深渊）。从混沌中，创造出了地狱作为恶魔的居所，创造出了世界作为人类的家园。这是弥尔顿在《失乐园》中对正统学说最重要的偏离，他拒绝了**无中生有的**（*ex nihilo*）创世说。弥尔顿的世界得以创造，是从预先存在的无穷物质中创造出来，上帝的善或创造力还没有作用于这些物质上：

> 混沌是无边无际的，为了充满在
> 那里面的我是无限的，空间并不空。
> 我把无限的我自己引退，也不
> 显示自己或行或止、自由无碍的"善"。（Ⅶ. 168–71）

Boundless the Deep, because I am who fill
Infinitude, nor vacuous the space,
Thought I uncircumscrib'd my self retire,
And put not forth my goodness.

弥尔顿的唯物论思想根深蒂固，浸润了整首诗歌，他愿意暗示，天堂或许比我们想象的更像人间，相信天使具有肉身。在此，正是唯物论思想，给了他一个无限世界的观念，与他那个被外壳包围的有限世界形成对比。弥尔顿将无限世界的古代学说作为他史诗的地理。他别无选择。这种古代学说受到历代诗人尊崇，属于世世代代欧洲思想艺术的想象。正如在这个方面的一位杰出导师、大天使拉斐尔指出，它也与我们感官的证据相符。[3]就我们而言，地球是世界的中心，是我们的观察点；在我们看来，太阳升起又落下。我们看见太阳，经过天空；我们没有感觉到地球在转动。我们并没有因为现在大家都知道太阳不会升起落下，地球在自转，在日常话语中就放弃古老的观念。弥尔顿这首诗歌的主人公是人类。正如这诗歌是以人类为中心，这首诗歌的世界必定是以地球为中心。但是，由于史诗作者是真理的诗人和真实事物——包括自然的知识和事物的因果——的揭示者，弥尔顿不能忽略他所在时代的伟大科学进展，因此，除了将他那个空间环绕的地球设置在一个无垠的深渊之中，他还借助大天使拉斐尔之口，清晰有力地阐明了日心说。

这是诗歌中弥尔顿大转变的最醒目证据。因为大天使拉斐尔温和地告诉我们，这首诗歌的牢固基础，也就是我们到了第八卷已经习惯且视为理所当然的那张地图，可能大错特错。正如大天使拉斐尔所说，撒旦和天使（包括拉斐尔自己）穿过的太空，像在一场变换的场景中一样消失。弥尔顿在他诗歌的中心质疑了古老的学说。在质疑完了之后，他把这当成一个无关紧要的问题抛在一边，诗歌的剩余部分，他还是采取了这个他质疑了的物理基础。正如他的时间既简短精确又漫长含混，他的空间既可测量又不可测量，同样，他的世界既好像有系统又好像没有系统。在他对时空的处理中，精确的东西和含混的东西，固定的东西和流动的东西，这样的结合是弥尔顿叙事的根本特征。我们进入《失乐园》的世界时，最不应该要求的是逻辑的连贯。

抱怨他笔下的视觉意象不够精确，是艾略特等人针对弥尔顿的主要批评之一。指出这点，正如艾略特之前的麦考利所为一样将弥尔顿和但丁对比，无疑是正确的。但是，麦考利只满足于对比，并不觉得有必要指责弥尔顿没有像但丁一样写作。这是一个奇怪的风尚，一边抨击具有戏剧性和印象主义风格的弥尔顿，另

44

一边重新欣赏建筑、雕塑和绘画中那些巴洛克风格的大师。弥尔顿的宏伟风格遭到诋毁。人们指责他没有意义的夸大注水，过度的情绪化，缺乏清晰的细节；一些善意的批评家将他大团的阴影和偶尔明亮的火花，归因于他视力不行，而非他想象力的薄弱；还有些批评家为他大力攻击我们的情感而抱憾。然而，人们认为贝尔尼尼是原创和正直的艺术家，卡拉瓦乔和他十七世纪的追随者十分符合我们的品位。戏剧性，表现力，聚焦于片段或感情强烈的某个时刻，极力同时做几件事情，所有这些使雕刻、建筑或舞蹈轻重结合、动静一体，表现不可表现的东西，玩弄光影的技巧，我们发现，在古典艺术的孩子巴洛克风格中大胆地突破了其局限，满足了我们的想象力。弥尔顿是这类风格的探险家，正如约翰生博士正确地评价："在所有借鉴了荷马的诗人中，弥尔顿也许最无须对他感恩戴德。"

　　一九四七年，艾略特在英国学术院做了一场关于弥尔顿的演讲，极力修正他先前对弥尔顿的苛责。在这场演讲中，他详细谈论了一个批评观点。（一九五七年，在《论诗歌与诗人》中，他重刊了这篇演讲，但省去了这个观点。[4]）他解读了第一卷中对撒旦的初次描述，旨在赞扬他先前所谓的"对如此多不相干事物所做的欢天喜地的介绍"，后来所谓的"受到神启的无聊行为"——"诗人享受展示自己高超的诗艺"。在讲座的开头部分，在对弥尔顿笔下的世界进行总体评论时，他同样提到那段描写：

> 我认为，我们不应该想方设法看清弥尔顿描写的任何场景；它应该作为一个不断变化的幻影来接受。因为我们首先发现这个大魔王"被锁在炎炎的火湖上面"，过了一会儿，又看见他走到火湖岸边，由此产生抱怨，这等于是期待某种连贯性，但诗人引导我们读者进入的那个世界不需要这种连贯性。

艾略特或许注意到，弥尔顿在小心地告诉我们，撒旦获释是由于"那统治万汇的天神"（Ⅰ.211）的意志；当撒旦和"夸耀自己神通、能够逃出地狱火焰"的别西卜，将这归因于他们自己是个神灵，"恢复了力量"，而不是由于"至尊大能者的默许"（Ⅰ.240-1），这时他又带着讽刺重新提醒了我们这一点。在其他方面，艾略特的评论在我看来是非常公正的。弥尔顿没有为撒旦获释的方式或方法费神：他身上的锁链没有融化，没有奇迹般掉落，也没有天使从天而降来到地狱深渊，用一套天上打造的剪刀剪断他的锁链。我们首先看到的是被禁锢的撒旦形象。然后，撒旦就有了自由。那"金刚不坏的镣铐和永不熄灭的刑火"（I.49），那"斜吐尖尖的火舌"（I.223），那"弥漫着恶臭和毒焰的焦土"（I.235）——这些东西按照弥尔顿的需要出现和消失。堕落的天使行动自由，大多数时间他们毫无痛苦的样子。他们并非像《神曲·炼狱篇》中受惩罚的人一样永远都是可怕的姿态。弥尔顿任由我们想象，他们的天使之美如何受到损毁；但我们没有理由认为，弥尔顿很想把代表愤怒激情和邪恶意志的表情，刻在一向平静的天使面容之上。

46　人们常常将弥尔顿拿来与但丁相提并论，并得出但丁占优的结论。但在这里，值得指出的是，弥尔顿没有发挥创意，想象堕落天使遭受的酷刑，没有矮化这些与上帝和人类为敌的堕落天使，展现他们的古怪和扭曲，这恰是他胜过但丁的高明之处。他宁愿去表现堕落天使反抗的勇气，而不是展示他们的剧痛，也就不用刻意描摹他们的痛苦。[5]

尽管我同意艾略特把弥尔顿的世界说成是"不断变化的幻影"，但反对他接下来的说法：弥尔顿诉诸的不是我们的视觉，而是我们的听觉，"重点在于声音，不是形象，在于语词，不是思想"。弥尔顿一直在诉诸我们的感情，诉诸我们道德和想象的回应，诉诸从我们的经验和阅读中存储于记忆中的联系。[6] 在第一次描写撒旦时，弥尔顿关心的是引起我们的敬畏、恐怖、惊讶和好奇。我们阅读时，他召唤我们来做这样的工作，用我们的想象力来回应。他在按照自己的格言操纵我们的情感：相比于逻辑和修辞，诗歌没有那么"微妙精细"，但更加"简单、感性和富于激情"[7]；也就是说，诗歌诉诸人们的普遍经验，诉诸人们的感觉、感情和激情。弥尔顿的风格的根本力量，正如在《失乐园》中发展出来，在于这种方式：节奏带着我们从一个充满情感或呼吁性的语词到下一个语词。高度个人化的句法、倒置、动词省略、同位语、插入语、从句套从句、重复、变化、玩弄语词游戏、"灵活地从一首诗到另一首诗歌中汲取意义"——所有这些技巧都是为了偷偷地把流动的但总体感觉是连贯的感情渗入我们的心灵。我们事后能够进行逻辑分析，从中获益，得到快乐；倘若我们听别人朗读，或者自己朗读，逻辑的关联词和句法结构,不是我们心灵主要反映的东西。它们与其说像在大多数诗歌里一样是建筑的可见结构,不如说更像建筑的强大基础。[8]

弥尔顿对撒旦的首次描写,并不要求我们极力想象一个静态人物,一个我们可能画出来的形象,而是要求我们对撒旦产生某种感情。弥尔顿用了一个长长的复句,显示出极强的文字掌控力。在这个壮阔的句子里,他邀请我们呼应语词为我们设定的联想。我们最终得到的与其说是一个形象,不如说是一种观念;尽管这种观念是由我们阅读时飘过我们心灵的许多形象创造出来:

撒旦这样对他最亲近的伙伴说着,

把他的头抬出火焰的波浪上面,

两只眼睛,发射着炯炯的光芒,

身体的其他部分平伏在火的洪流上,

又长又大的肢体,平浮几十丈,

体积之大,正像神话中的怪物,

像那跟育芙作战的巨人泰坦,地母之子,

或像百手巨人布赖利奥斯,

或是古代那把守塔苏斯岩洞的

百头神台芬，或者像那海兽

利维坦，就是上帝所创造的

一切能在大海洪波里游泳的生物中

最巨大的怪物：据舟子们说，

他有时在汹涌的挪威海面上打瞌睡，

常有小舟夜航而遇险的时候，

以为他是个岛屿，抛锚扎在他的

鳞皮上，碇泊在他身旁的背风处，

在黑夜的笼罩中等待姗姗来迟的黎明。

大魔王就是这样横陈巨体，

被锁在炎炎的火湖上面。(Ⅰ.192–210)

   Thus Satan talking to his nearest Mate

With Head up-lift above the wave, and Eyes

That sparkling blaz'd, his other Parts besides

Prone on the Flood, extended long and large

Lay floating many a rood, in bulk as huge

As whom the Fables name of monstrous size,

Titanian, or Earth-born, that warr'd on Fove,

Briarios or Typhon, whom the Den

By ancient Tarsus held, or that Sea-beast

Leviatham, which God of all his works

Created hugest that swim th'Ocean stream:
Him haply slumbring on the Norway foam
The Pilot of some small night-founder'd Skiff,
Deeming some Island, oft, as Sea-men tell,
With fixed Anchor in his skaly rind
Moors by his side under the Lee, while Night
Invests the Sea, and wished Morn delayes:
So stretcht out huge in length the Arch-fiend lay
Chain'd on the burning Lake.

这个句子开头使用的形容词平平淡淡，它们从所在的位置和"头韵"的修辞中获得力量。撒旦的肢体"又长又大"（long and large），平伏在洪流中，在这里我们立刻对他到底多大产生了疑问。接下来的小句说撒旦

体积之大，正像神话中的怪物。

这里的"大"（huge）本身包含了"可怕"或"吃惊"的含义，它有别于其他的"大"（large, big or great）：它暗示了巨大的威胁，弥尔顿立刻将这种暗示为我们放大。然后，对于这种"体积之大"的"怪物"，他增加了另一

个观念"像神话"：撒旦和异教神话中与育芙作战的那些怪物巨人泰坦一样巨大。弥尔顿的比喻令人联想到邪恶和恐惧，因为巨人布赖利奥斯是有五十头的怪兽，台芬是有一百头的蛇怪。当然，弥尔顿不是说撒旦邪恶，有一百个头，他只是说，撒旦和育芙的敌人、古代神话中那些巨大的怪兽一样巨大。他首先允许这种想法进入诗歌（他们的邪恶和他们针对奥林匹斯神的毁灭性的失败战争），影响我们对于撒旦的想象。然后，他按照传统史诗作者的模式，继续给我们一个完全与撒旦无关的细节：台芬住在西里西亚的一个洞穴。弥尔顿以一种奇怪的迂回方式告诉我们，这个洞穴在西里西亚的古都塔苏斯附近。给怪物台芬一个精确的方位和一个名字，就给了他"身体"，可以说在一定程度上使他显得不完全是虚构，也给了我们一个喘息的机会，回味这些名字，让它们看起来不只是个名字而已。正如我们希望的那样，我们可能对塔苏斯这个名字做出回应：这是扫罗的出生地；扫罗"荒废了教堂"，宣称"威胁和屠杀死主的门徒"，直到他在大马士革的路上遇到主。然后，当撒旦浮在地狱波涛之上时，我们再次联想到"大"（hugeness）。我们回到自然世界，看到"在汹涌的挪威海面上打瞌睡"的利维坦。一个游客的掌故令我们高兴、精神一振。这也是一个古老怪兽的主题，再次给了我们一个精确的方位，给了我们生动的感觉，撒旦很巨大，因为这一个长句介绍了这首史诗众多人物的第一个，弥尔顿借此提醒我们，正如斯威夫特在《格列佛游记》中一直在做的那样，我们人的尺度感。这则掌故，尽管暂时引我们远离撒旦，却有其贴切的潜台词，关乎夜晚和黑暗，关乎差点失事的船只或别的将要遇难的东西。只要我们愿意，我们可以把"小舟夜航而遇险"视为预述。驾驶小舟的舟子，黑暗中会停泊在这座隆起的巨大"岛屿"前，以为找到了安全，渴望看起来永远不会到来的黎明。这个舟子是那么的脆弱和哀伤。弥尔顿一直将脆弱和哀伤赋予他笔下的人物。在这里，他用比喻的方式，也将这种脆弱和哀伤引入他的史诗。这个巨大体型的怪物打瞌睡时，会很安静，但是倘若他醒来，或在梦中动弹，就会打翻舟子和"小舟"。我觉得，弥尔顿做得再好莫过，给我们一个清晰可见的撒旦形象，在面对这"横陈巨体"以及过了一会儿

50

他那硕大的身躯，从火湖中

站立起来（Ⅰ.221-2）

rears from off the Pool
His mighty Stature.

的时候，不用刺激我们情感的表演。我认为，抱怨弥尔顿的世界缺乏清晰的轮廓，等于没有按照他的设想来认识他题材的性质。

《失乐园》里有大量的史诗明喻，人们一向认为这是其最出彩的地方之一。归根结底，这与弥尔顿对他题材的看法有关。史诗明喻是弥尔顿向我们传递史诗内容的大型武器，无论是以扩展性意象的形式（从一个比较点出发，然后在结束时回到此点，像一个气球停在两端，或者当这个明喻结束的时候，继续移动到似乎自然地出现的另一个比较点），还是像这里一样是以一连串典故的形式。在这些明喻中，细节往往很犀利、精确，它们提供了许多约翰生博士认为在《失乐园》中缺乏的"人情味"。某种意义上，这部史诗的确只有两个人物；在绝大部分中，他们所处的情景，的确远离我们可以想象置身的情景；但这部史诗充满了人物，充满了人类的成就、灾难、恐惧、希望和日常关怀。明喻利用了我们的日常生活和所居的自然世界。它们不只是把传说中的鬼怪和古代的英雄带到我们面前，还让我们看到晚上偏离航向的舟子、焦急等待收获的耕者、闯入仙人宴的醉酒农夫、夜里的梁上君子、清晨漫步郊外偶遇美女的青年。在这些明喻中，人物来到我们面前，栩栩如生，就像伟大的主题画中那些背景人物或透过窗子看到的景象：基督坐在麻风病人西蒙家里，一条在地上自娱自乐的小狗；一个在背后一边倒酒一边调情的侍女；一幅圣母领报画中在门口张望的童子。但是，除了这些明喻包含的人情味，除了如此多精彩准确的细节，明喻还圆满解决了弥尔顿的题材大问题：如何想象性地传达"超过人类感知范围"的东西，如何不用描述的手段却达到描述的目的，如何在我们心目中保留这种感觉——他告诉我们的东西既是真的，又是假的。明喻同时表达了"像"和"不像"。或者，以这种否定性明喻的形式——弥尔顿将之当成了自己的招牌——它表达了"不像"，但又"不完全不像"。比较必然会包含相似和差异。我们不会把完全相同或完全相异的东西拿来比较。明喻永远诉诸我们的记忆、我们的感官体验、我们的道德体验和我们的阅读；但是，它们要求我们不要停留于此。弥尔顿大量使用明喻，是他题材观的自然结果。因为《失乐园》从总体来看就像一个巨大的明喻，要求我们像对明喻一样做出同样的反应：我们喜欢它的漂亮和情味，同时接受它既像又不像它告诉我们的东西。

注释

[1] 这些观点详见附录A《弥尔顿的撒旦与伊丽莎白时代悲剧中的罪孽主题》（"Milton's Satan and the Theme of Damnation in Elizabethan Tragedy", 1948）。

[2]《哈德孙评论》（*Hudson Review*），1956年秋季，转引自燕卜荪，《弥尔顿的上帝》，页91。全面研究弥尔顿介入其笔下的史诗，参见路易斯·L. 马茨（Louis L. Martz），《内在的乐园》（*The Paradise Within*，纽黑文，1964），页105-110。就我所知，马茨教授认为，"这种充满人情味的、灵活的、互动的声音……解释了他'信笔写成的诗歌'中的发现"，是这首诗歌一大重要的美。

[3] 对观《失乐园》："并非我认为天体根本不动，那是你／住在这个世界的人看来好像如此"。（Ⅷ.117-18）

[4] 重刊的这份讲稿缺了差不多四页。艾略特在《论诗歌与诗人》序言里的这番话是不实之言："每篇文章与其演讲之日或初次发表之日几乎完全一致。"

[5] 可以肯定，弥尔顿在这一点上也是值得赞赏的，幸好他心灵崇高，克制住了常人易受的诱惑，暗示哪些人将来会住在空荡荡的地狱。

[6] 在这里我概述了麦考利的精彩观点："弥尔顿诗歌的最显著特征是极度疏离对读者产生影响的那些联系。其效果的产生，与其说靠它的表达，不如说靠它的暗示；与其说靠它直接传达的观念，不如说靠与之联系的其他观念。他借助导体为读者的心灵充电。最缺乏想象力的读者都能够理解《伊利亚特》，荷马没有给他任何选择，没有要求他努力，只是把一切都原原本本给他，把意象明明白白地摆在他面前，他不可能对之视而不见。弥尔顿的作品，读者的心灵除非与作者的心灵合作，否则难以领会或欣赏。他没有为一个纯粹被动的读者描绘一幅完整的画面或呈现一场完整的戏剧。他只提供了轮廓，任人填补框架。他弹奏主调，期待听者完成乐曲。"麦考利还质疑——我认为他的质疑不无道理——弥尔顿笔下的名字主要考虑的是其发音。他说，这些名字"并不比其他名字更贴切或更悦耳。其实，它们每一个都是一长串相互联系的观念组成的链条的第一环"。参见《批评与历史论集》

（*Critical and Historical Essays*），人人版，第一部分，页157-158。

[7]《论教育》（*Tractate on Education*）。

[8]"句子的关联，语词的位置，都是精心布局；但位置的安排与其说是按照语法逻辑，不如说是按照情感或宇宙逻辑。弥尔顿想要英语像希腊语和拉丁语一样完全服从情感逻辑，结果他的句子偶尔会失之粗粝。"见柯尔律治，《批评杂集》（*Miscellaneous Criticism*），雷索尔（Raysor）编辑（1936），页163-164。

三、天国主题

《失乐园》的题材是"向世人昭示天道的公正"。这⁵²是整部史诗的根本关切。作为一个道德生命，弥尔顿对该题材十分执迷。撒旦与上帝为敌，利用诡计勾引人类堕落，这个伟大的神话，为上帝造人、人之堕落和重获神恩的故事提供了一个框架、一个比较和一个对照：提供了一个框架，因为它把人类故事置于一场争斗之内，这场争斗开始于历史产生之前，既发生在历史之内，也发生在历史之外；提供了一个比较，因为天使和人都是按照上帝的形象创造，他们可以自由选择是否服从上帝，结果他们都选择了反叛；提供了一个对照，因为人通过悔罪，可能获得神恩和宽恕，但天使没有获得神恩的可能。尽管弥尔顿没有特别说明这点，众所周知，天使和人的一个重要区别是，人能够悔罪，能够回头，要求宽恕并且获得宽恕，但天使一旦堕落，就永远堕落,不会悔罪。就我所知,唯一对此持有异议的是基督教早期神父奥利金,他认为撒旦"终究"也可能悔罪,重获神恩,因此使徒的幻象或许会成真,上帝是"全为所有"。多恩把"这个温和神父"的理论只是当成好奇的基督教思想,而非可以严肃对待的观点。[1] 堕落的天使永远堕落,这是《失乐园》中的真理之一,是毫无疑问接受的东西。堕落天使一心一意选择反叛上帝,想方设法挫败上帝的意志。《失乐园》中的撒旦毫无保留、毋庸置疑地宣称,他和部众决心

> 用暴力或智力向我们的大敌
> 挑起不可调解的持久战争。(Ⅰ.121-2)

> To wage by force or guile eternal Warr
> Irreconcileable, to our grand Foe.

他在独白中承认,"真正的悔罪"(true repentance)远在他的想象之外:

> 即使我能悔罪,得到了恩赦,

恢复到以前的境遇，也很快就会

因居高位而唤起向上爬的思想，

很快就会把假屈服的誓言取消。

痛苦中的誓言，每到安乐时

就会被废弃，认为无理而无效。

因为被死对头刺得如此渗透的

创伤，不会有真正的愈合。（Ⅳ.93–99）

But say I could repent and could obtaine

By Act of Grace my former state; how soon

Would highth recal high thoughts, how soon unsay

What feign'd submission swore: ease would recant

Vows made in pain, as violent and void.

For never can true reconcilement grow

Where wounds of deadly hate have peirc'd so deep.

巴尔扎克是最有想象力的法国小说家。他笔下《高老头》中的伏特冷（Vautrin）是一个潜逃的囚犯。他在这个囚犯身上看到了"一首地狱般的诗，诗中描绘了人类的所有情感，但唯一少了懊悔之情"，他继续写道，"他的目光如同好战的堕落大天使的目光"。巴尔扎克在此接受的就是弥尔顿对撒旦的看法。撒旦就是"堕落大天使"。

《复乐园》中构想出的是一个不同的撒旦。那个撒旦是一个"忧郁的怪兽",在沙漠中袭击耶稣。他对耶稣说:

> 我也是神子,或者说,我过去也是神子,
> 如果我过去是,那我现在还是;关系不变。[2]

> The Son of God I also am, or was,
> And if I was, I am; relation stands.

在《失乐园》中,撒旦的反叛完全没有身为神子的不孝色彩,上帝的反应中也没有身为天父的愤怒因子。撒旦的反叛完全是政治和军事意义上的反叛,旨在反叛上帝。[3]上帝认为这是需要粉碎的叛乱,或者说先击败,再"收编"。叛军不会被摧毁;上帝任由他们选择,用他们可以采取的手段继续战争。他们甚至可以耽于幻想,能够创建一个可以抗衡的帝国,获得"共存"。尽管他们可以获得许多局部的胜利,但是他们所有的行

为注定会失败。他们不时会受到惩罚和羞辱。其他时候,他们的痛苦似乎微不足道。他们甚至可能享受拥有权力的幻象。

　　天使叛乱的神话,无助于解释恶的起源,无助于解答"既然此世是仁慈的上帝所造和统治,为何还有恶存在"这个形而上的问题。为什么"足以挺立"的生灵、天国之民,选择了堕落?恶是如何在天国中诞生?即使这些问题有任何答案,也不会见于《失乐园》。这个神话和这首史诗提供给我们的是一种现实图景:在我们知晓的这个世界,为善的意志和为恶的意志之间存在不可调和的永恒冲突。弥尔顿这部史诗的核心,就展示了这两股对立的力量。在天使叛乱和天国战争的这个故事中,弥尔顿向我们展示了这样一种为了个人的膨胀野心而导向毁灭的力量。在我们生存的世界是如何创造的这个故事中,弥尔顿为我们展示了导向创世的力量,各种各样独立的生命形态得以诞生,它们将自由地享受各自的生命。弥尔顿深信,为恶的意志将被压倒,为善的意志是这个世界终极的意志:

　　恶会收敛,

55

不再与善混同，最后

如沉渣落底，回到自身

它将永无休止地变化，

自噬，自耗。[4]

Evil on self shall back recoil,

And mix no more with goodness, when at last

Gather'd like scum, and setl'd to it self

It shall be in eternal restless change

Self-consum'd.

这是弥尔顿写作《酒神的假面舞会》时的信念。在《失乐园》中他保持了这种信念。恶不会转化为善；恶是不灭的。恶不会被善吸收，也不会像雪在阳光下消融。但是，最终说来，恶不会伤害。毁灭的意志召唤出相反的善的力量。善的力量更强大，足以恢复恶的破坏。善最终会把恶驱逐到外边的黑暗里去，创造

新的天，新的地，无尽的年代，

在正义、和平和爱的根基上建成，

结出永远欢喜和幸福的美果。(XII.549-51)[5]

New Heav'ns, new Earth, Ages of endless date
Founded in righteousness and peace and love,
To bring forth fruits Joy and eternal Bliss.

　　相比于对上帝和天堂的描写，弥尔顿对撒旦和地狱的描写更加难忘，这是无可否认的。描写天堂的时候，他是"戴着镣铐写作"，一个原因是，圣经中有一些描绘天堂的形象和虚构，他自己的圣经知识告诉他，这些形象和虚构是上帝选择的，用来启迪我们的理解。他没有运用他主要的诗学手段史诗明喻来使得天堂在我们的想象中栩栩如生。对他来说，《启示录》是最大的障碍。《启示录》中的东方意象和奇异象征阻碍了他发挥暗示的力量。作为柏拉图的真正孩子，他有时暗示，我们在世上享受的一切，哪怕是从日到夜和从夜到日，这种令人感激的变化，更别说情人从彼此获得的那种快乐，在天堂也能享受。但是，更多的时候，完全不像柏拉图一样，他只是成功地暗示，天堂不过是人间拙劣的摹本，而非人间的理想境界（世上所有的美只是这种理想境界的影子）。撒旦毕竟一直在天堂，尽管他的坠落损伤了他的记忆和判断，但他认为，宁愿选择世

56

上，也不愿意选择天堂，这"不无道理"（Ⅸ.99-101）；我们必须承认，弥尔顿只是粗略勾勒的天堂（Ⅲ.345-71，V.616-54），根本不能与他详细绘制的"乐园"相提并论。《失乐园》在这里有一个缺陷；但我认为它不严重。这类似于看见一些伟大的宗教画时感到的失望，整个布局指向中心的显灵，手法传统，甚至有点粗糙，而画面其他成分则充满创意和生机。扬·凡·艾克的《神秘的献祭羔羊》中唯一平庸的地方就是那只羔羊。它可能是任何广告牌画师的手笔。但这并没有阻碍我们欣赏这幅作品的布局，欣赏作为中心的传统象征符号周围那些丰富而美丽的绘画元素。

比起用传统的手法处理天堂的快乐和情味，更严重的缺陷是表现上帝和天堂议事会。把上帝描绘成神学家，本质上是一种荒诞。正如白芝浩所说："假如把理性视为上帝的特性，逻辑学家立马可能发现，他根本没有善加利用。"但是，还有比这种更大的反对声。许多读者厌恶把上帝表现为天主，而非天使和人的天父，"无论名实，都是爱"。上帝转向撒旦及其部众的那张脸，是遭到高傲挑衅的绝对律令的脸，是不能撼动的全能之主的脸。撒旦在尼法提斯山上的独白（Ⅳ.32-

113），谈到"天上自由的爱，平等地给予大家"，所以才"诅咒他的爱"。但这是《失乐园》中唯一的暗示，撒旦是唯一拒绝了爱的造物，他发现被拒绝的爱就是愤怒。威廉·劳认为，无论对于堕落的天使，还是堕落的人，上帝都没有愤怒；上帝是爱和光明，圣经中经常提到的愤怒，是堕落造物的愤怒，不是造物主的愤怒，是暗火，来自他们不再与上帝合一的本性的能量。查尔斯·威廉斯非常佩服威廉·劳的神秘主义写作，他极力将这种观念读入《失乐园》[6]，用"爱嘲笑恨"的理由，来为"上天压抑不住的笑声"辩护，嘲笑撒旦的"肃穆怪异"。我认为，这只不过是时代错乱的解读，是对弥尔顿文本的强制阐释。弥尔顿完全接受，圣经将愤怒归于被冒犯的上帝；由于他以纯粹政治的眼光来看待撒旦的反叛，他的上帝，就撒旦而言，就只是一种更强大的力量，万物之主。我们不能说："这就是上帝在撒旦心中的样子，他选择弃绝光明和爱，只看见火和愤怒。"就撒旦而言，这也是上帝给我们的样子：不愿和解，喜欢报复和嘲笑。在《失乐园》的整个布局中，上帝对于那些反叛他的天使不愿和解，成为背景，映照的是他对不听话的亚当和夏娃的宽恕。这首诗歌的天国主题就是善恶之战，这是一场你死我活的战争。

在书写地狱和撒旦的时候，弥尔顿的想象"没有戴着镣铐"。除了"金刚不坏的镣铐和永不熄灭的刑火""外边的黑暗""哀哭切齿"，圣经中很少有笔墨来创造地狱的形象，对撒旦和魔鬼的影射也是零星的、含混的且充满诗意的暗示。[7]当然，传统里有许多这样的描写；但对于各种传统，弥尔顿可以自由接受或拒绝。在这里，他的想象力是自由发明，乃至自由创造。我甚至会暗示说，他的想象力是自由的，因为他没有投入最深层的宗教感情和信仰。借用肯尼斯·克拉克爵士的话说，他这里在对"艺术内行"言说。他承认，并且合理期待读者也会承认，上帝和撒旦之间，善和恶之间，光明和黑暗之间，存在不可调和的敌意，因此，他可以自由发挥想象，尽可能让这场战斗的每一方面充满戏剧性和表现力，使撒旦尽可能在题材允许的范围内显得刺激和"高贵"。我说"在题材允许的范围内"，是因为弥尔顿对撒旦的表现力在于他不必对读者证明撒旦邪恶，不必说服读者撒旦是他们的"大敌""人类的敌人"。正如整部史诗的开头和结尾都出现了"天理"一词，同样，对于撒旦的描写，他的登场和谢幕都用了"蛇"的意象。弥尔顿第一次提及撒旦是这样一个问句：

当初是谁引诱他们犯下这不幸的忤逆呢？
原来是地狱的蛇……（Ⅰ.33–34）

Who first seduc'd them to that fowl revolt?
Th' infernal Serpent; he it was...;

我们最后一次见到撒旦时,他

腰部趴在地上,变成一条巨大的蛇。（X.512）

A monstrous serpent on his belly prone.

这就是撒旦在这部史诗里的根本作用。弥尔顿不允许
我们忘记,撒旦一切活动的宗旨是

把自己的怨气都发泄在脆弱、无辜的人类身上。

（Ⅳ.8）

To wreak on innocent frail man his loss.

　　但是，在介绍完撒旦是"地狱的蛇"之后，弥尔顿立刻开始他典型的扩张运动，把撒旦作为人的勾引者和上帝的对手这个角色的辉煌与含混置于我们面前：

> 原来是地狱的蛇；是他由于
> 嫉妒和仇恨，激起他的奸智，
> 欺骗了人类的母亲。他的骄傲
> 致使他和他的全部天军被逐出天界，
> 那时他由于造反天军的援助，
> 使他觉得自己比众光荣，他相信：
> 如果他反叛，就能和至高者分庭抗礼；
> 于是包藏野心，觊觎神的宝座和主权，
> 枉费心机地在天界掀起了
> 不逊不敬的战争。（Ⅰ.34-44）

Th' infernal Serpent; he it was, whose guile
Stird up with Envy and Revenge, deceiv'd
The Mother of Mankinde, what time his Pride

Had cast him out from Heav'n, with all his Host
Of Rebel Angels, by whose aid aspiring
To set himself in Glory above his Peers,
He trusted to have equal'd the most High,
If he oppos'd; and with ambitious aim
Against the Throne and Monarchy of God
Rais'd impious War in Heav'n and Battel proud
With vain attempt.

撒旦是地狱的蛇,利用奸计干下懦夫的勾当;他是受嫉妒——七宗罪里最下作、最可鄙、最卑贱、最可耻的一宗——驱使;他也受复仇之心挑起,在这里我们开始被感动,因为复仇是一种古老的动机,激励了原始史诗和传奇中的伟大英雄。我们接下来看到他的**骄傲**。神学家告诉我们,骄傲是七宗罪里最致命的一宗。但对于我们不可救药的想象来说,骄傲这宗罪接近于美德,不能唤起鄙视。撒旦这条地狱的蛇,被痛苦的嫉妒心吞噬,逐渐成为一群叛乱天使的骄傲领袖。但这场叛乱的目的是什么?"使他觉得自己比众光荣。"他不是豪气干云的领袖,带着一帮兄弟为自由和正义而战;他只是伟大的冒险家,渴望个人的霸权和光荣。但在这里,对名声和光荣的渴望，尽管是一种弱点，再一次是"高尚心灵的弱点"；他相信"就能和至高者分庭抗礼"，这也不是卑贱的野心。野心与骄傲一样，是一个含混的语词，遭到道德神学家的谴责，但在我们日常用法中并不总是受到谴责。[8]撒旦的野心是"在天界掀起不逊不敬的战争"。撒旦在天界掀起战争，"反抗天堂那个无与伦比的上帝"，这似乎是最大的恐惧；但这场天界的战争是骄傲的战争。尽管不逊不敬，仍然是光荣的战争。撒旦来到我们面前，带着"荣耀之战的威仪堂堂和志得意满"，"整场战役波澜壮阔、蔚为壮观"。但是，尽管这是荣耀之战，它依然"枉费心机"。这是极端愚蠢的战争。

因此，弥尔顿在史诗的开头就为我们勾勒了"胆敢挑战万能之主"的亚当这个人物的卑鄙、豪气、恐怖、光彩、疯狂和自负。英国最伟大的批评家柯尔律治立刻在历史中伟大的征服者身上看到了撒旦的真正同类：

> 撒旦这个人物骄傲自大、沉溺感官享受，他唯一的行为动机是自私自利。这种人物经常具地而形微地见于政治舞台上。他们淋漓尽致地展现了骚动、

暴躁和狡猾。从尼姆罗德（Nimrod）到拿破仑，这些人类的强大猎手身上都有这种典型的性格。人们一般认为，这些伟人，正如人们称呼他们为伟人，必须按照某种伟大的动机而行动。弥尔顿在他的撒旦身上小心翼翼地标记了极度自私——利己主义的酒精——宁愿在地狱为王，也不愿在天堂称臣。将这种自我的欲望与克己或尽职对立，展示它会干出什么事情，为了达到目的要忍受什么痛苦，是弥尔顿在撒旦这个人物身上的特定目的。但围绕这个人物，他还赋予了大胆的特性、光荣的受难以及覆灭的辉煌，这些构成了诗意的崇高。[9]

这种诗意的崇高，在撒旦的第一次发言中得以展现。撒旦的第一次发言或许是我们文学中关于美德的最精彩书写，令人叹为观止；逆境中的毅力，绝望中的勇气。弥尔顿毫不迟疑，给予撒旦足量的勇气或毅力，这是一切美德中最辉煌、最根本的美德，没有这种美德，其他美德不能蓬勃生长。哪怕是在错误事业中的勇气或毅力，近乎疯狂，那依然是十足的勇气。无论是

当他的腿被打断时，

他用残肢搏斗

when his legs were smitten off
He fought upon his stumps,

的那个战士，还是那个在新加坡机场的年轻炮兵军官在所有援军的希望早就破灭之后依然坚持到弹尽粮绝，还是戴高乐在一九四〇年带着不多的部下，面对似乎彻底的失败，仍然从容宣布"没有失去一切"——这样的行为本身都很光荣，无关所涉事业的对错。正如约翰·济慈写道：

尽管大街上的争吵是一件可恨之事，但其中展现出的力量是美好的；哪怕是寻常之人，在争吵之中也会显示出风度。作为高级生命，我们的论证可能是同样的道理。尽管论证可能是错误的，但其中展示出的力量是美好的。这种力量正是诗歌所包含的东西。[10]

因此,撒旦作为大天使,其力量和决心是"美好的",为了唤起那些垂头丧气的部下,他一番责骂,最后是

醒来吧! 起来吧! 否则就永远沉沦! (I. 330)

Awake, arise, or be for ever fallen

这句话总能激发至高勇气才能唤起的惊人回应。[11]

弥尔顿可以尽量把撒旦塑造得很光彩,允许我们景仰他的美德,因为撒旦的命运早已注定。我们一开始就知道,撒旦必然失败。如果我们有片刻时间想一想,撒旦可能胜利,我们对他的感情会不一样;如果弥尔顿不一直依靠我们承认,撒旦既是上帝的"大敌",也是我们的"大敌",他的处理也会不同。他给予这个覆灭大天使的全部辉煌和悲剧之美,正如使之变成一条最美的蛇。他把最具诱惑性、最富激情的言论放进撒旦之口,其炫丽的辞藻就像"一个老练的著名雄辩家,在雅典或自由罗马的讲坛上"。(IX. 70–71)弥尔顿不需要剥夺撒旦别的任何天赋,只有一种天赋除外,那就是爱的力量,祝福他人的力量。

弥尔顿对撒旦的塑造,体现了基督教对"罪"(sin)和"恶"(evil)的含混态度。爱好玄思的神学家认为,罪是"空",它不存在,是善的缺席;它没有终极的实体,只有善是真实的。道德神学家认为,罪是可怕的现实,将人和上帝分开,将人和与上帝同在的真正生命分开[12],其代价是死。因此,一方面,撒旦是个傻瓜,荒诞地认为,他能起而反抗上帝,其实,他所做的一切,都是蒙受上帝的恩许,他的恶意,只能引来上帝更多的宽恕,给上帝带去更多的荣耀,让人类生出更多的善意;另一方面,撒旦是可怕的、危险的,他是"我们一切痛苦"的始作俑者,败坏了这个世界的善和美,震撼了上帝的王座,带来了**罪**和**死**,破坏了上帝创造的世界。弥尔顿对作为撒旦敌人之上帝的刻画,对这种敌对关系引起的不安所做的解释,态度同样含混。观察这个世界,审视一下历史,基督徒无一会否认,恶四处滋生,一再得胜。同样,没有基督徒会相信,恶终将得胜,或者善恶势均力敌。弥尔顿对上帝的刻画,设法融合了两种感觉:这场战争既严重,又不严重。一方面,撒旦是危险的敌人,能够破坏宁静美丽的天堂;另一方面,撒旦的事业注定是白费心机,因为即便他制造了混乱和破坏,在他被逐出天堂的那一刻,身后不会留下一丝所造成的破坏痕迹。天堂仍然还是天堂。燕卜苏教授所谓的上帝"令人毛骨悚然的嘲笑"，就来自弥尔顿处理撒旦的反叛和天国的战争背后那种根本而必然的含混态度。

约翰生博士之后的许多批评家批评《失乐园》中的天国战争不真实。即便历史学人向我们解释，天使具有肉身的观念不是弥尔顿的凭空虚构，而是他所在时代真实的信仰[13]，问题还是没有解决。按照现代科幻小说的标准，天国战争整个事件缺乏想象的连贯性。如果天使可以随意变大缩小，没有任何不能立刻愈合的伤口，那么，他们似乎就没有必要穿盔甲，更何况，无论用什么材料制造，盔甲总会妨碍他们的行动。弥尔顿借助大天使拉斐尔之口，为此提供了双重辩护。拉斐尔声称，他会"依照人类感官所能理会到的，用俗界有形的东西／来尽量表达一下灵界的事"（Ⅴ.570–1）；然后，他用惯常的方式把我们搞糊涂，暗示说地界虽然不过是天界的影子，但天地之间相似的事物，要比地上所臆想的多得多。因此，弥尔顿任由我们自由选择，到底有多相信他的故事。这是更大层面上他"既像又不像"的例子。天使能够千变万化，具有一些天赋，与我们完全不像，但看

64

起来他们还是有像我们之处，即具有"自然形式"或者"常态形式"。比如，撒旦

像蟾蜍一样蹲在夏娃的耳边，(Ⅳ.799–819)

Squat like a Toad, close at the eare of *Eve*,

身份暴露后，一经接触神灵伊修烈(Ithuriel)的天器，立刻恢复原形。再如，拉斐尔像一只彩鸟，穿过太空，从天而降，在大地立定之后，重新恢复原形。(Ⅴ.266–85)正如在所有伟大艺术中，这种自然形式是一个美化的人体形象，有时带有翅膀，有时似乎没有翅膀。因此，天国的战争既像又不像人间的战争，它既以象征形式表现了历史之外的善恶冲突，也为历史中的战争提供了缩影和评论。

弥尔顿声称：

英雄史诗的唯一课题似乎是

描写战争，我对于此道从来没有学过，(Ⅸ.27–29)

Not sedulous by Nature to indite
Warrs, hitherto the onely Argument
Heroic deem'd,

在第十二卷,亚当问,神子如何打伤了蛇头,借用米迦勒之口,弥尔顿以其自己的方式警告我们,某种意义上,天国战争的故事与《失乐园》的真正主题和核心关怀没有直接关系:

别以为

他们的战争只是一次决斗,或是

头部或脚跟某一处的受伤,他并非

是人身和神首的简单结合,

要有更强大的力量才能击退撒旦,

战胜你的敌人。撒旦曾从天上坠落,

虽受沉重的打击,但仍能给你以

致命的创伤。你的救主来了,

不是要消灭撒旦,而是要消灭他对你

和你子孙所致的毒害,医治创伤。(XII.386-95)

> Dream not of thir fight
> As of a Duel, or the local wounds
> Of head or heel: not therefore joynes the Son
> Manhood to God-head, with more strength to foil
> Thy enemic; nor so is overcome
> *Satan*, whose fall from Heav'n, a deadlier bruise,
> Disabl'd not to give thee thy deaths wound:
> Which hee, who comes thy Saviour, shall recure,
> Not by destroying *Satan*, but his works
> In thee and in thy Seed.

65　尽管如此,他并没有省略这个场景。没有阿伯狄的抗辩,没有米迦勒和撒旦的打斗,《失乐园》就失去了砝码,平衡开头两卷对于撒旦事业的大胆处理。尽管弥尔顿相信,他真正的题材——"坚忍不拔的性格和英勇壮烈的牺牲"——胜过古代史诗的那些题材,但他不敢把所有积极的、历来视为英雄的美德都给撒旦。《失乐园》的故事不可能让纯洁天使扮演令人印象深刻的角色。作为天堂的哨兵,他们与其说是必要,不如说是点缀。不会允许他们抓住撒旦,或者将撒旦永远逐出天堂。尽管遭到监视和阻挡,撒旦总能找到办法回来。如果这个故事继续写下去,这些纯洁天使终将失职。

难以想象更缺乏英雄气息的场景，盖过第十卷开头的"天使卫队"，他们急速从乐园飞升，回到天上去，为了"人类的可悲事件，无言以对"，

> 奇怪那个狡猾的魔王，怎样偷偷地进了乐园，
> 却没有看见，（X.20–21）

> Much wondering how the suttle Field had stoln
> Entrance unseen,

这个"不幸的消息"很快传进天门，他们急速奔向"至高的宝座"，解释他们已经尽力。至尊永生的天父宽恕了他们的过失。这场天国的战争允许弥尔顿把上帝的仆人表现得比他的敌人更加强大、更加美丽。而且，弥尔顿想要他的史诗超越所有其他的史诗，除了给予其他史诗能够给予的一切之外，还给予了更多的东西。他不能完全拒绝他前面伟大的先驱挥洒才艺之处——军事冲突和主将对垒——他不会任由古老的英雄美德无人赞美、无人歌颂。

这个故事的其他部分，弥尔顿没有机会显示天使

和人类运用上帝通过创世赋予他们的自由。在《失乐园》中，最值得佩服的，莫过于作为战争序幕的场景。查尔斯·威廉斯将撒旦的政治演说比作马可·安东尼的政治演说（安东尼的政治演说激怒了罗马暴民，起而反抗谋杀了恺撒的"那个光荣的人"布鲁图斯）：

66

> 诸位王、公、有势、有德
>
> 和有权的！但愿这些尊严的称号，
>
> 不是徒具虚名；因为如今由神敕
>
> 另立一王，独揽大权于一身，
>
> 以受膏王的名义，大损我们的权力。
>
> 因此，我们才做了夜半的行军，
>
> 急急忙忙地聚集在这儿，
>
> 就是要讨论该怎样去欢迎他，
>
> 我们这些一向对他屈膝献殷勤，
>
> 卑躬恭敬的，该怎样迎接这位新贵！
>
> 侍奉一位，已是难堪；况且两位！
>
> 如今他宣布，他的影子也该受尊敬，
>
> 双倍的奉承，我们怎么受得了？（V.769-81）

Thrones, Dominations, Princedomes, Vertues, Powers,
If these magnific Titles yet remain
Not meerly titular, since by Decree
Another now hath to himself ingross't
All Power, and us eclipst under the name
Of King anointed, for whom all this haste
Of midnight march, and hurried meeting here,
This only to consult how we may best
With what may be devised of honours new
Receive him coming to receive from us
Knee-tribute yet unpaid, prostration vile,
Too much to one, but double how endur'd
To one and to his image now proclaim'd?

这段充满反讽和讥刺的政治演说,尤其是最后对天国诸位王公的直接呼吁"摆脱这个重轭"(Ⅴ.783),遭到最热心于敬神的阿伯狄反驳。弥尔顿的想象总是会呼应这样"一个义士"的形象;一个人独自捍卫正义,这是一个高贵的形象。但是,这个场景除了赞扬一个义士的勇敢和荣耀之外——这个目的确实圆满达到——它还有另一个目的:

忠诚的撒拉弗天使阿伯狄说罢，

发现在众背信者中间只有他忠信。

在无数的虚伪者之间，只有他不移本心，

不动摇，不受诱惑，不怕威胁，

保持他的忠贞，他的爱和热诚；

他虽然孤立，但不为多数，不为

坏榜样而改变初衷，违背真理。(V. 893–900)

So spake the Seraph *Abdiel* faithful found,
Among the faithless, faithful only hee;
Among innumerable false, unmov'd,
Unshak'n, unseduc'd, unterrifi'd
His Loyaltie he kept, his Love, his Zeale;
Nor number, nor example with him wrought
To swerve from truth, or change his constant mind
Though single.

弥尔顿认为，**罪**不是一种心性，而是一种行为，一种有意选择的行为。正如阿伯狄有自己的选择，那些选择追随撒旦"北去"的天使，也并不因此而有罪。他们也不是因为听从撒旦而有罪。他们仍然可以选择回头。

67

他们可以拒绝撒旦的说辞，仍然做上帝的纯洁仆人。正如拉斐尔讲的故事为了使亚当和夏娃的罪"不可恕"，给了他们各种警告，同样，阿伯狄的抗辩使得其他天使的罪是存心故意的罪。那些天使选择与撒旦一起，只有阿伯狄回头。回头的阿伯狄是《失乐园》中唯一代表相反选择的高贵意象，象征了愿意服从，愿意弃恶从善：

> 那无畏的天使，整夜飞行，
> 后面没有追兵，飞过天界的广野……（Ⅵ.1—2）

All night the dreadless Angel unpursu'd
Through Heav'ns wide Champain held his way....

这场天国战争会被解读为虚构或寓言，隐约暗示了真理。这是一场奇怪的战争，交战双方都是不会受重伤的不朽神灵。我们难以认真对待这样一场战争，交战双方的力量都受到"永恒的全能之王"的约束，叛乱天使的命运被悬置，使得双方更能旗鼓相当。这个场景作为整体与其说是一场战争，不如说是一次大型锦标赛,只要主办方允许,比赛可以无限期举行。若非弥赛亚的干预,这场战争不会终结。因此,只要这个世界存在,它就变成了一个关于善恶之战的寓言,在这场战争中,善被考验到极致,依然不能被恶战胜,尽管它也不能战胜恶。善的胜利要等到弥赛亚在最后审判日出现在云端的时候。我们想象将撒旦及其部下逐出天堂,正如米开朗琪罗想象最后的审判:胜利的基督永远击败了他的敌人。这场战争也为历史上所有战争提供了一个缩影;战争变得越来越恐怖,越来越具有毁灭性,印证了弥尔顿对人类历史日益浓烈的悲剧意识,这种悲剧意识酸楚地流露在《失乐园》最后几卷。这场起于"威武的大军、激发壮志"、带着无数英雄色彩的战争,结束于恐怖的羞辱和无意义的毁灭。这个故事提供了弥尔顿拒绝战争(无论是英雄之战还是骑士之战)的理由,也是对他自己的时代乃至后世具有教诲的这样一部史诗提供的理由。以高贵开始,以极端的混乱和浩劫收场,这场战争结束之时突然尖锐地碰触了我们的想象。

　　这场战争开始时运用了古典史诗中英雄挑战的套路,一步步进入"主将对决"的"狭隘空间"。首先,我

《最后的审判》(米开朗琪罗;局部,西斯廷教堂)

们看到撒旦和阿伯狄的言辞交锋。接下来是两军厮杀，双方都使用了战车冲锋，每个战士似乎都是"王公"或"酋长"。战斗的高潮是撒旦和米迦勒的单打独斗，结果撒旦受伤，被救援队抬下场。纯洁天使

穿上坚固耐磨的武装，

以正方的阵形，无隙可乘地前进；

因为天真纯洁，未曾犯罪、抗命，

所以有这样压倒敌人的优越性。(Ⅵ. 399–403)

In Cubic Phalanx firm advanc't, entire,

Invulnerable, impenitrably arm'd:

Such high advantages thir innocence

Gave them above thir foes, not to have sinn'd,

Not to have disobei'd.

战斗中的方阵手执交叉掩护的盾牌，是古代军事艺术的一大进步。在这里，它为弥尔顿提供了一个优美的意象，展示混乱喧嚣的战斗中不可动摇的尊严和力量："战场上由许多小方队组成的大方阵，主阵代表了真理和稳定。"[14]

米迦勒和他的部下控制了战场，夜晚降临。但在夜间，撒旦和他的部下发明了火药。早在弥尔顿之前，火药的发明就归因于恶魔。无论是斯宾塞，还是斯宾塞之前的阿里奥斯托，都认为火炮是

> 一种地狱深处造出的
> 用于疯狂复仇的武器。[15]

> diuelish yron Engin wrought
> In deepest Hell, and framd by *Furies* skill.

在《疯狂的奥兰多》的第九诗章，有对弗里斯兰国王用来攻打荷兰公主的这种恶毒火器的描述：

> 无疑是地狱之妖魔
> 制造它来报复人类。

> No doubt some fiend of hell or divellish wight
> Devised it to do mankind a spite.

这是

> 一种邪恶的武器，哪怕是笨小孩，
> 拿着它也能调戏或激怒大将军。

> A weapon vile, wherwith a foolish boy
> May worthy Captaines mischiefs and annoy.

换言之，一个人无论多么勇武盖世，都无法抵抗这样的武器。火炮的发明，完全摧毁了骑士精神和游侠行为。奥兰多击败弗里斯兰国王之后，收缴了火炮，扔进大海：

> 因为他说，此后再也不会有骑士的
> 生命和手脚被这种邪恶武器剥夺，
> 再也没有懦夫用它来对壮士炫耀。

> Because (said he) hereafter never more
> May any Knight of life and limb be reft
> By thee, or coward vaunt him with the stout.

这是

> 一个魔鬼找到的遭受诅咒的武器，
>
> 是潜藏在地狱深处的**大魔王**制造，
>
> 他想用这种卑鄙的手段毁灭一切。[16]

curst device found out by some foule fend,
And fram'd below by *Belzebub* in hell,
Who by thy meane did purpose and intend,
To ruine all that on the earth do dwell.

70 奥兰多认为火炮是一种邪恶的武器，非正人君子所使，它抹平了勇士和懦夫、强者和弱者的界限。弥尔顿遵循传统，把这种可怕的毁灭性武器的发明归因于他笔下的魔鬼。他坚持认为，这些魔鬼借助欺诈和背叛，使用毁灭性的武器；他和阿里奥斯托一样，认为这种武器剥夺了战争的尊严和战士的勇武。它使得纯洁天使显得可笑，因为打得他们人仰马翻，由于盔甲在身，更是狼狈不堪。这场天国战争变成了一场丑陋的闹剧。纯洁天使回过神来，拔起天堂的山来当武器。叛乱天使同样反击：

> 　　　　　　这场骚乱
> 可比市井竞技的嘈杂，混乱上
> 再加可怕的混乱，层起不穷。(Ⅵ.668–70)

> 　　　　　Warr seem'd a civil Game
> To this uproar; horrid confusion heapt
> Upon confusion rose.

正是在这里，我们这些看见过整座城市毁灭、害怕再来
一次大规模毁灭之人，才对这场天国战争感同身受。
万能的上帝宣布：

> 这场疲劳的战争，双方都尽了力，
> 甚至都已拔起山来当武器，
> 大发雷霆，放纵得无法无天，
> 势必至把天庭毁灭，危及全宇宙。(Ⅵ.695–70)

> Warr wearied hath perform'd what Warr can do,

And to disorder'd rage let loose the reines,

With Mountains as with Weapons arm'd, which makes

Wild work in Heav'n, and dangerous to the maine.

上帝的干预不是为了保护自己的军队,而是为了结束战争。神子的出场恢复了损毁天堂的宁静。他面带威严,叛乱天使不由自主来到他的面前。叛乱天使没有遭毁灭。他们被逐出天堂。上帝是造物主,他不会毁灭其造物,因为那会与其存在本质相矛盾。生命和自由这种恩惠不能收回。如果能收回,也就不成其恩惠。

这场天堂战争叙事以一种方式展现了弥尔顿的高超技艺:他精于改造古代史诗中的传统元素(这些元素对于他的时代不再具有严肃意义),与自己的主题和意旨相适应。接下来的创世叙事以另一种方式显示了弥尔顿的高超技艺。创世的故事对他的主题和题材至关重要,弥尔顿用一个特别的序幕标记了它的重要意义。他继承了一个漫长的传统,对于上帝在六天里创世的工作进行注疏;圣经中得到最多、最全面注疏的一卷,莫过于《创世记》。弥尔顿作为艺术家的使命,是对一个古典主题做出精彩变奏,媲美甚至超越十七世纪前半叶最著名、最流行的诗歌——西尔维斯特翻译的巴塔斯的《上帝创世的一周及其作品》。多年前,年仅十九岁的弥尔顿在《假日练习》中就流露了他的愿望:

> 歌颂发生的秘密事件,
>
> 当自然还在她的摇篮;

> sing of secret things that came to pass
> When Beldam Nature in her cradle was;

六年后,在《酒神的假面舞会》中,弥尔顿把描写自然之雅致丰饶的精彩诗句借酒神科摩斯之口表达出来。雅致丰饶的自然

> 用完全张开、绝不收敛的双手,
>
> 将鲜花、果实和牛羊洒满大地,
>
> 将无数的鱼虾洒进茫茫的大海,

> With such a full and unwithdrawing hand
> Covering the earth with odours, fruits and flocks,

Throning the Seas with spawn innumerable,

她放出

　　无数的纺线虫
在绿意盎然的店铺编织头发般
光滑的丝线装点她的孩子。

　　　　　millions of spinning Worms
That in their green shops weave the smooth-hair'd silk
To deck her Sons.

弥尔顿把撒旦的毁灭活动和神子的创造活动并置时，他以同样的方式结合了这两种感觉：一种感觉是创造带来的满溢、丰沛和富足，另一种感觉是创造的神奇、精致和多变。尽管他提供了大量的科学理论和解释，他还是保持整个故事像叙事一样流动。我们不仅看见"像在舞蹈"的"参天大树"，而且整个世界就像在一场芭蕾舞中诞生，舞台起初是昏暗的、空荡的，然后逐渐变亮、不断有人进场，直到最后舞台全部照亮，到处是

72

活动的人,每个人都在表演属于自己的优雅有力的角色。

我们首先看到的是划界和分割的创世活动。借助这种最初的活动,新创的世界与混沌及其边界做了区分。当光荣的王,

> 强有力的言辞
> 和圣灵出来创造新的世界,(Ⅶ.208-9)

> in his powerful Word
> And Spirit coming to create new Worlds

他们站在天界的土地上,从岸边眺望"广大无边的深渊":

> 像个阴暗茫昧、风波险恶的
> 大海,由于烈风和汹涌的波涛,
> 像一群山峰冲上天空高处,
> 翻江倒海,地心和地极都被搅乱。(Ⅶ.212-15)

> Outrageous as a Sea, dark, wasteful, wilde,

Up from the bottom turn'd by furious windes

And surging waves, as Mountains to assault

Heav'ns highth, and with the Center mix the Pole.

这个混沌的深渊终将听从"度量衡"的命令[17];但它首先必须听从强有力的"言辞"——正如同样强有力的"言辞"呵斥加利利湖上的风,湖水才得以平静[18]——的命令平静下来:

> 肃静,你混乱的风波!
> 安静,深渊,停止你们的争吵!(Ⅶ.216)

Silence, ye troubled waves, and thou Deep, peace.

远远地飞进到混沌和未生的世界中,造物主停下燃烧的火轮,手拿金制的双脚圆规。圆规是重要的传统象征,象征理性和秩序。利用圆规,划定边界,万物就能各就其位。古代自由七艺中,我们总是看到,几何离不开圆规。对于文艺复兴早期的艺术家来说,几何是最重要的科学。在微型人像画中,我们经常可以看到造物主带着圆规(有时还加上天平),象征他是世界建筑师和建设者。比如,在丢勒的画作《忧郁》中,那个具有创造力的天才女子右手就拿着圆规。[19]最初两天的工作是造物主这个伟大的"建筑师"或者"建设者"的工作。但是,到了创世第三天陆地和大海分离时,弥尔顿开始放纵自己的想象,造物主不再是一个负责规划、调遣和下令工作的伟大"工匠",而是"生命的赋予者",创造天生就有生命精神的事物,这些事物似乎提前赋予了自己的力量和意志,它们加快步伐登台,占据舞蹈中的一席之地:诸山显露出来"广阔而赤裸的背脊"耸入云中,河水"高兴得跳跃奔流"。一切都在享受新生的感觉。造物主第四天创造出的太阳和星辰,太阳立即"欢欢喜喜地去奔上高空的大路,从东横贯到西",七曜昴星在他前头跳舞。在第五天和第六天,造物主创造出了鱼、飞禽和走兽,万物的新生达到了极致。弥尔顿在这里传递了他所理解的创世本质,即一切和谐能量的解放。他天生欢快的风格,淋漓尽致地刻画出自然世界的圆满有序,正如他对《创世记》中这句话"神就造出大鱼和水中所滋生各样有生命的动物,各从其类"(1.21)所做的精彩演绎:

马上便有不知其数的鱼苗和鱼群

充满着港湾和海洋、江浦和河滩。

群鳍和闪耀的鳞在绿波之下滑行，

成群结队，时常筑成海中的长堤；

或单独，或结伴，以海藻为牧草，

彷徨于珊瑚的丛树之间，

或迅速地闪动着做游戏，

浪激金鳞，显耀于日光之中；

或安心等待于含珠的贝壳中，

乘机撮取水中的滋养；

或穿有褶缝的铠甲，在岩石下

伺待食饵。在光滑的海面上，

有贪玩的海豹和摆腰的海豚；

其中也有身躯巨大，行动迟钝的，

爬行打滚时，把大洋掀起风波：

利维坦是生物中最巨大的，

横卧海上，犹如海岬在沉睡，

游动时，好像移动的陆地，

从鳃里吸进，从鼻子喷出一海的水。(VII.399–416)

74

Forthwith the Sounds and Seas, each Creek & Bay
With Frie innumerable swarme, and Shoales
Of Fish that with thir Finns & shining Scales
Glide under the green Wave, in Sculles that oft
Bank the mid Sea: part single or with mate
Graze the Sea weed thir pasture, & through Groves
Of Coral stray, or sporting with quick glance
Show to the Sun thir wav'd coats dropt with Gold,
Or in thir Pearlie shells at ease, attend
Moist nutriment, or under Rocks thir food
In jointed Armour watch: on smooth the Seale,
And bended Dolphins play: part huge of bulk
Wallowing unweildie, enormous in thir Gate
Tempest the Ocean: there Leviathan
Hugest of living Creatures, on the Deep
Stretcht like a Promontorie sleeps or swimmes,
And seems a moving Land, and at his Gilles
Draws in, and at his Trunck spouts out a Sea.

这段文字让人觉得,做一条鱼肯定是悠然自得的。借助一系列对照,总体上产生了理性的愉悦。无论是狭窄的港湾,还是宽阔的大海,无论是蜿蜒流淌的江浦,还是开怀大笑的河滩,都有不计其数的鱼苗和鱼群。

群鳍和闪耀的金鳞在绿波下滑行，或者成群结队，时常筑成海中的长堤。有些鱼，单独或结伴，到海床上探险，以海藻为牧草，或者彷徨于珊瑚的丛树之间。还有些鱼，显耀于日光之中，而懒散的牡蛎，安心地等待于含珠的贝壳中，乘机捕获水中的滋养，穿着铠甲的虾蟹，则在岩石下伺机等待食饵。海豹和海豚在光滑的海面上嬉戏，而巨大的利维坦横卧在海上沉睡，打滚时就把大洋掀起风波。因为这是在人类堕落前，除了这些巨大的海怪在嬉戏时掀起的风波，海上不会有风暴。

在弥尔顿笔下，正在生成的世界是十分可爱和有趣的，是一个理性的人可以理解的。他受到来自《蒂迈欧篇》的古老观念启发：造物主的善良体现在造物的多样。善良的造物主不会嫉妒抱怨，因此不会拒绝赋予可以想见的任何造物以生命。正是这样，创造的过程中没有出现空白；有生命的动物，各从其类。弥尔顿把他特有的活力糅进这些思想，万物看起来都在迫不及待地迎接自己的诞生。在创世第七日，弥尔顿巧妙地用了一曲天堂的合奏，庆祝多元有序的新生世界。当造物主宣布

创造

比毁灭所创造的更加伟大,(Ⅶ.605)

to create

Is greater then created to destroy.

顿时,竖琴不停地弹奏,庄严的箫管和扬琴,各色的风琴,音色清纯,柱上琴弦,金线,各种音响和鸣协奏,与合唱、独唱的歌声交作,都在歌唱前面六天的创造工程。

第七卷是《失乐园》中唯一真正快乐的一卷,显示了弥尔顿的天赋最擅长描绘乐境。他用丰富的知识和想象,以细腻的观察,以美丽、幽默、精致和神奇的笔触,填充《创世记》中粗疏的叙事。这一卷的灵感来自弥尔顿对美好的初生自然世界的强烈信念,来自他对展现于万物中之生命原理的浓厚兴趣。

注释

[1] 参见附录 A《弥尔顿的撒旦与伊丽莎白时代悲剧中的罪孽主题》。

[2]《复乐园》，第四部，页518–519。

[3] 白芝浩说："我们像是在观看历史上某个君王，他允许王子共治，赋予王子巨大的君权，要求'文武百官'听命。"见《文学研究》(*Literary Studies*，1910)，第二部分，页206–207。

[4]《酒神的假面舞会》，第二部，页593–596。

[5] 在前面几行诗中，弥尔顿的确说了，第二次莅临的时候，基督"会让撒旦和堕落的世界一起灭亡"；但鉴于弥尔顿在其《论基督教教义》(第一卷，第七章)中明确声称，"一切造物，最终皆不会灭亡"，我们对那句诗就必须如下理解，会灭亡的是撒旦对这个世界的统治权，而非撒旦归于寂灭。

[6] 参见《弥尔顿英诗》(*The English Poems of Milton*，世界经典，1940)序言。

[7] 影射堕落天使的文字，收录于弥尔顿《论基督教教义》(第一卷，第九章)中的三个短小段落。

[8] 因此，当我们没有特指"嫉妒"的时候，日常用语中常说某种"骄傲"是"正当的"或"合理的"；说某人"没有野心"，与其说是赞词，不如说是责备。

[9] 柯尔律治，《批评杂集》，页163。

[10]《书信集》(*Letters*)，M. 巴克斯顿·福曼(M. Buxton Forman)编辑(第二版，1935)，页317。

[11] 柯尔律治将撒旦与拿破仑相提并论，白芝浩对此评论

时,谈到了拿破仑第二次统治法兰西的百日王朝:"我们的舆论是反对拿破仑,我们真诚的愿望当然是为了我们英国的利益;但是,想象力有其自己的同情心,不会轻易让位。"《失乐园》的某些现代批评家似乎拒绝承认我们"有其自己的同情心"的想象力。

[12] 对观,多恩在其《连祷文》结尾的悖论:"既然罪是空,就让它无处可去。"(As sinne is nothing, let it no where be.)

[13] 参见 C. S. 路易斯,《〈失乐园〉序》,第十五章,"弥尔顿的天使之误"(The Mistake about Milton's Angels)。

[14]《教会政府存在的理由》(Reason of Church Government),第一部,第六章。

[15]《仙后》(Faerie Queene),第一部,第七节,第 13 行。

[16] 以上四处引文,来自哈林顿的英译。哈林顿的前两处译文对原文内容略有增加,后两处译文则非常信实。

[17] 正如《所罗门智慧书》的新柏拉图主义作者写道:"借助度量衡,你让万物井然有序。"(xi. 20)

[18]《马可福音》(4. 39):"耶稣醒了,斥责风,向海说:'住了吧!静了吧!'风就止住,大大地平静了。"

[19] 参见卡里班斯基(Klibansky)、萨克斯尔(Saxl)、潘诺夫斯基(Panovsky),《土星与抑郁》(Saturn and Melancholy, 1964),页 339。

四、人类主题

正如书名所示,《失乐园》的核心题材是失去伊甸园,或"逐出乐园的亚当"。弥尔顿在这里必须让我们栩栩如生地看到克默德教授所说"我们作为人能够想象之物和此时此刻现实之物的对照"。[1] 弥尔顿不是遨游在地极之上,刺激我们想象严格说来难以想象之物,他必须立足于大地,满足我们想象我认为每个人有时都会想象之物,也就是这样一种生活,幸福和快乐不会受"罪"和"罪行"的感染,不会有变化之虞,不会有死亡的阴影。他还必须诉诸我们的生活经验,按照我们熟悉的生活样子,按照我们经历的生活样子,生活受到疾病的威胁,受到身心破碎的威胁,受到死亡的威胁,因给自我和他人造成的伤害而痛苦,因爱无能而忧伤。

在对天国主题的处理中,特别是在对上帝敌人撒旦的处理中,弥尔顿倾尽史诗作者的全力,像柯尔律治所说赋予亚当一种"毁灭的辉煌",一种"诗意的崇高"。撒旦这样一个注定失败却百折不回的人物,带着那样的力量、坚韧、对痛苦的蔑视,带着那样"独特的胆识",在毁灭他人的和毁灭自我的历程中,有着悲剧人物、天才人物、伟大人物的辉煌。相形之下,在亚当和夏娃身上,弥尔顿呈现给我们的是理想的形象和典型的形象:一方面是完美的人,正如我们可以想象的样子,正如某些伟大艺术家将之体现在面带微笑、庄严肃穆的裸体人物;另一方面是历史中现实的人,有罪,忏悔,乞求宽恕,与信仰同行。他们在结尾时展现的坚强,是"坚忍不拔的性格和英勇壮烈的牺牲":他们离开伊甸园,走进人世,受天理的引导,开始人类历史的漫长历险。正是在这里,用肯尼斯·克拉克爵士的话说,弥尔顿是"在对基督信徒言说";他表现了人类根本而简朴的宗教经验。在开始的时候,亚当和夏娃是我们可能景仰但从来不会追求的理想;在结尾的时候,他们是我们的榜样,是那类正直的人,会找到"内在的乐园",最终进入"获得赐福的充满喜悦和爱的王国"。弥尔顿展现出极大的胆量,在一部史诗的篇幅内,包含了撒旦这样一个动人心魄的人物和亚当与夏娃这样两个会引起不同反应的人物。他敢于将悲剧人物和理想人物或典范人物混合在一起，将英雄和凡人混合在一起。我想，总会有这样的读者，对他们来说，《失乐园》的伟大之处在于天国主题而不是人类主题或历史主题；还有一些读者，正如我一度觉得，认为以那样的力量表现天国主题，弥尔顿牺牲了《失乐园》的统一性。但我逐渐感受到这种总体布局的力量，也就将天国主题视为背景，用以阐释人类主题。善恶战争的神话尽管为人类堕落这个历史主题提供了辉煌和神秘，但随着我们阅读的进程，它会隐入背景，让位于对亚当和夏娃的书写，书写他们的关系，他们与上帝的关系。

我把人类堕落的主题称为"历史主题"，因为对于弥尔顿和他的时代来说，亚当和夏娃是历史人物，他们居住和失落的乐园是一个可以定位的具体乐园。尽管有理想化，这个乐园还是在我们熟悉的自然世界之内。尽管它的周围是艾略特所说的"不断变化的幻影"，也就是地狱和深渊，但乐园里的时间是按照太阳起落计算的，有固定的吃饭时间、就寝时间和起床时间。这个乐园像我们自己家的花园一样需要辛勤劳作才不会野草丛生。它是我们知道的世界，即使去除了令人不满

78

意的一切；它是一个可能的世界，"即使我们生来就不会抛洒任何一滴眼泪"。尽管在早前时代，还是有许多争论，乐园应该当作隐喻，象征人类堕落之前的世界，还是人类天真无邪的状态。后来大家一致同意，它应该按字面解读为世上一个具体的地点。但它究竟在哪里，还是有争议。在弥尔顿写作《失乐园》时，天主教徒和新教徒都公认，伊甸园是真实的乐园，位于美索不达米亚。弥尔顿接受了这个地点，他挥洒全部的艺术才华，让我们的感官可以感受，上帝高踞山顶俯瞰的这个秘密乐园。像所有传奇中的乐园，这个名叫伊甸的乐园也有墙，有门，藏于森林之中。纵贯伊甸，有一条大河，流经乐园山下；这条大河分出四条支流，在罗马和拉文纳的早期基督教的马赛克中，它们是流行的绘画题材。乐园里还有泉，有湖泊，有气象万千的田园胜景：

> 涟漪的小河，滚流着东方的
> 珍珠和金沙，在两岸垂荫之下
> 蜿蜒曲折地流成灵澧甘泉，
> 遍访每一株草木，滋养乐园中
> 各种名花，这些花和园艺的花床、

珍奇的人工花坛中所培养的不同，

它们是自然的慷慨赐予，

盛开在山上、谷中、野地里，

或旭日初暖时照耀的开朗田畴，

或中午太阳当顶时的浓荫深处。（Ⅳ.237-46）

79

       the crisped Brooks,

Rowling on Orient Pearl and sands of Gold,

With mazie error under pendant shades

Ran Nectar, visiting each plant, and fed

Flours worthy of Paradise which not nice Art

In Beds and curious Knots, but Nature boon

Powrd forth profuse on Hill and Dale and Plaine,

Both where the morning Sun first warmly smote

The open field, and where the unpierc't shade

Imbround the noontide Bowrs.

  这个上帝耕耘的乐园，不是中世纪的蔷薇园，也不是伊丽莎白时代和詹姆斯一世时代那种旧式正统花园，分隔成菱形和正方形的花坛，边缘修剪得整整齐齐，露台装饰着园艺。它也不是弥尔顿在意大利旅行时必然见到过的精美花园，所谓的建筑花园。这个乐园不是与自然对立的乐园。它就是理想化的自然，完美的自然。这是一种新的乐园观，乐园是微缩的自然，树木、亭台、喷泉、湖泊和瀑布构成了乐园景观。这种观念在十八世纪的花园中达到极致，欧洲到处都有这种所谓的"英国花园"。弥尔顿把伊甸园描写为一个风景园，这是受时代的影响。他与马维尔笔下的刈割者一样，讨厌"奢侈人家"的花园破坏了纯真的自然。[2]他赞美"自然的恩惠"，鄙视所谓"优雅的艺术"，正如他鄙视

宫廷艳事
男女混舞，或淫荡的假面剧，半夜的舞会，

（Ⅳ.767-8）

Court Amours
Mixt Dance, or wanton Mask, or Midnight Bal,

赞美"走入婚姻的爱情"。

我们第一次见到伊甸乐园，是通过前来毁灭乐园的撒旦之眼：这一派"风光"真是可爱可喜、"赏心悦目"。不过，弥尔顿让我们感受到这美丽可爱的乐园，

是诉诸我们最直接的官能,诉诸我们的触觉和嗅觉。清新的空气,清风的抚摸,风中飘来的清香,将乐园栩栩如生地带到我们的想象面前,把它想象成一个纯朴、 80 清新、甜美的地方:

> 譬如航海者
> 挂云帆于好望角的彼方,正经历
> 莫桑比克海峡,东北风在海上
> 从盛产香木的阿拉伯幸福的海岸
> 吹来沙巴的妙香时,他们感到
> 精神爽快,故意停滞而缓行;
> 而且那大海原也喜欢这种妙香,
> 行过一程又一程,都见它笑逐颜开。
> 那乐园的甜蜜妙香,使怀毒心
> 而来的魔王也喜欢。(Ⅳ.159–67)

> As when to them who sail
> Beyond the *Cape of Hope*, and now are past
> *Mozambic*, off at Sea North-East windes blow
> Sabean Odours from the spicie shoare
> Of *Arabie* the blest, with such delay

Well pleas'd they slack thir course, and many
    a League
Cheard with the grateful smell old Ocean smiles.
So entertained those odorous sweets the Fiend
Who came thir bane.

弥尔顿毫不迟疑地告诉我们,乐园里的果实"美味可口",
亚当和夏娃斜依在堤上,顺手采摘枝头的鲜果,"先嚼果
肉"。(Ⅳ.327–36)乐园是一切感官享受的乐园:清晨散
发甜蜜的气息,鸟声鸣啭,细雨之后的大地流芳。

上帝为亚当和夏娃之享受而造就的自然乐园,在
《失乐园》结尾时遭遗弃,或许将会杂草丛生,荆棘满
布,如同睡美人的森林。当亚当后代的"恶"带来大洪
水之时,正如米迦勒说,它的根基将动摇,然后冲进大
海,变成南海之中一座荒岛:

那时,这个
乐园的山也受到洪波巨浪的
冲击而移出了原地,被洪水
支流所冲,草木被毁了,大树
被漂下大河,漂进开着大口的港湾,

扎根在那儿一个盐碱的荒岛，

海豹、鲸鱼、啼叫的海鸥的住处。(XI. 825–31)

> Then shall this Mount
> Of Paradise by might of Waves be moovd
> Out of his place, pushd by the horned floud,
> With all his verdure spoil'd, and Trees adrift
> Down the great River to the op'ning Gulf,
> And there take root an Hand salt and bare,
> The haunt of Seales and Ores, and Sea-mews clang.

这样一个盐碱的荒岛，无论吹出怎样表示感激的风气，都诱惑不了任何船员放缓行程。乐园的山受到洪水冲击而移出原地，这是弥尔顿的伟大想象之一，给了他一个严肃说教的机会：

> 如果常到或长住某地方的人没有带来什么，
> 上帝不会承认那地方是神圣的。(XI. 837–8)

> that God attributes to place
> No sanctitie, if none be thither brought.

但是，乐园被连根拔起，冲入大海，弥尔顿也就可以依照喜欢的方式，把两种不同的传统融入他的诗歌。在他的时代，大家公认乐园是在美索不达米亚，但是早先的人们坚持认为，乐园是在南海，但丁的作品就如此描述过，这种信念很强大，足以影响哥伦布的航向。弥尔顿是一个伟大的兼收并蓄者，他的史诗里包括了这两个传统，从传统的冲突中提炼出一个动人的符号，象征失去乐园的所有意义。

我们也是首先通过撒旦的眼睛看到亚当和夏娃。初到乐园的魔王，奇怪地打量着这两个新奇的生物。弥尔顿希望我们不要把亚当和夏娃当作一个男人和一个女人看待，而是要当作第一个男人和第一个女人，当作我们伟大的始祖，我们得以按照他们形象铸造的原型。他们二人不相同，

> 似乎是两性的
>
> 差异，他被造成机智而勇敢，
>
> 她却柔和、妩媚，而有魅力；
>
> 他为神而造，她为他里面的神而造。（Ⅳ.296-9）

as their sex not equal seemd;

For contemplation hee and valour formd,

For softness shee and sweet attractive Grace,

Hee for God only, shee for God in him.

我相信,《失乐园》中为人引用最多的就是这几行,用来作为批驳弥尔顿的靶子。但弥尔顿这段话的意思,不过是他明确坚定地表达了所在时代的正统观念。我们发现弥尔顿的神学思想里有许多讨厌的东西,因为他明明白白地摆出来;但就那些我们讨厌的东西而言,弥尔顿的思想和我们可以从多恩的布道词或者乔治·赫伯特的抒情诗中推出的思想,没有任何区别。女人不如男人,这也是多恩爱情诗歌的基本前提。当然,多恩惯用的策略是把这种前提作为基础,夸张地恭维情人,说她是一个大大的例外,一个奇迹。甚至在他那些把爱情当作男女双方的事情,女性是男人欢乐的伴侣的诗歌里,男人仍然是"国王",而女人仍然是受统治的"邦国"。在《空气和天使》这首诗中,多恩说得很清楚,男人主动,女人被动,男人高于女人,正如弥尔顿说,男人"更加完美"。[3] 弥尔顿的《失乐园》不是写情诗，一个男子赞美情人是一切善的根源，他是在写哲理史诗，传达他的信仰和所在时代的信仰，关乎事物的真正本质。他也在写婚姻之爱，这样的主题很少有诗人触及；即使有诗人触及，在弥尔顿之前，往往也写成了艳情诗。

"男人"意味"完美"，"女人"意味"不完美"，这是把一切都要分类的思维方式的一部分。这种思维方式认为，各类之中有等级差异，比如，金属里面金子最贵重；树木里面雪松最珍奇；百兽里面狮子称王。不一样的两个东西，一个就必须比另一个更好或更完美。男人完美，因为被认为是自足的；女人不完美，因为需要男人成全。未婚之前，她还算不上女人。夏娃称亚当是"我的荣耀，我的完美"，因为没有亚当，她就不是完美的女人。在《林肯小客栈所作绝句》一诗的叠句中，多恩借用了这种源自亚里士多德《论题篇》中的观念："今日我获得了完美，拥有了女人之名。"在《报春花》这首神秘的诗歌中，他玩弄了同样的观念。由于包含了所有个位数字，所以十是阳性；五是十的一半，所以五是阴性。女人需要"半个男人"，就如数字五一样，才能变得十全十美。这种观念是建立在对生育过程之本

83

156

质的误解上：女性被认为没有做出什么贡献，只是男人种子的容器而已。但这种观念在圣经叙事中得到支持，夏娃是在亚当之后"偶然造就的"。当然，在十七世纪，女人从属于男人，这种观念也与社会和经济现实相呼应。

某个性别更加"完美"的观念，事实上像人类这样生物学意义上高度发达的一种族类，其个体是完全阳性或完全阴性的观念，今日已没有任何意义。这就好比在神学上将"罪"和"罪行"等同，在心理学中认为情理冲突，都是过时的理论。但像所有曾经严肃接受的理论一样，它们符合经验事实，否则人们绝无相信的可能。我们今日仍然在说，语词有阴性和阳性，保留着它们古老的意义。现在，我们说某些女人才华不让须眉，言下之意就是赞美，正如我们可能赞美一个男人心思像女人一样细腻。理想的男性和理想的女性，这种普遍性的观念今日还有意义。弥尔顿并不是说，所有的男人都胜过所有的女人；这种观念他在别处明确否认过。[4]他在《失乐园》中描绘的是理想图景，亚当展示了体力和智力的完美，夏娃展示了身体的优雅和道德的温柔。他进一步毫不迟疑地赋予亚当"绝对统治"的权利,赋予夏娃"绝对服从"的义务。但是这种理想的两性关系,没有阻挡他带着真实和甜蜜展示一种在其中似乎与"绝对统治"和"绝对服从"之类语词毫无关联的关系,因为他精心地刻画了人类堕落之前乐园里人与人之间优雅的交流。亚当没有擅自运用力量和权威。亚当是按照造物主的形象而创造。造物主要求他的造物自由地爱。亚当尊重夏娃给予或拒绝的自由。夏娃,不像亚当,她不"鄙视服从",但是希望得到求婚,希望亚当请求她给予不希望拒绝的东西;她"甜蜜地、勉强地、多情地拖延着",表明她必须给予的是非常宝贵的东西。亚当和夏娃之间的谦恭,他们之间角色的转换——作为统治者的亚当变成了恳求者,作为被统治者的夏娃获得了他让渡给她的权威——在我看来是非常美的。她是神领来的,

> 却天真烂漫,有处女的娇羞,
>
> 她的德性,和意识到的自己的价值,
>
> 必待恳求,不是不求而可得的。(Ⅷ.501-3)

Innocence and Virgin Modestie,

Her vertue and the conscience of her worth,

That would be woo'd, and not unsought be won,

正是这些品质，第一次见到亚当时，夏娃转过了身。在交换爱的过程中，不存在强求："爱不会受到神秘所限。"因此，男人和女人的爱映照的是上帝和造物之间的爱，作为自由给予和接受的恩惠。

弥尔顿描写的夏娃在性爱上拘谨羞涩。弥尔顿也表明，在人类堕落之前，做爱的行为中会有愉悦，C. S. 路易斯对此表达了不安。[5] 我对他的看法不敢苟同。在弥尔顿笔下，亚当领着"朝霞一般羞红"的夏娃进入"洞房"。（Ⅷ. 510-1）夏娃的羞涩并非诗歌中唯一出现的羞涩，当拉斐尔说起天使的爱恋时，

脸上放出天上的红霞，

是爱情特有的玫瑰红。（Ⅷ. 618-9）

with a smile that glow'd

Celestial rosie red, Loves proper hue.

　　　基督教会认为"冷配"（cold copulation）才是圣洁的。对于这种可怕的教父观念，弥尔顿嗤之以鼻。不是因为羞耻，而是其他感情，夏娃的心跳才越来越快，满面潮红。尽管弥尔顿深信造物的美好和自然冲动的纯洁，他却不是一个"朴素生活者"。他知道人类和动物之间有巨大的鸿沟。人类像鸟儿一样在枝头快乐无忧地交配，这完全不是弥尔顿的观念。在阿多尼斯的花园，男子与情人自由做爱，这当然很好。斯宾塞的乐园是神话的乐园，他的神话是创造和生殖的神话。不同的是，伊甸园属于历史的乐园，弥尔顿在这里看见了人类社会和文明纯洁的起源。亚当和夏娃是有思想、有道德感的造物。因此，弥尔顿赋予夏娃谦逊的品质，这不同于羞耻，他把求偶（毕竟这在鸟类和兽类中并非少见）变成乐园经验的一部分。在这里，弥尔顿显示了对自己信念的勇气。我们希望他更加谨慎，等于希望他不像是弥尔顿。

　　　弥尔顿反复使用"神秘的"（mysterious）这个形容词，比如，"那些神秘的部分"，"夫妻的爱，神秘的仪式"，亚当对"婚姻床第"致以"神秘的敬意"，以及那一声感叹，"善哉，结婚的爱，神秘的法律"。（Ⅳ.736-

46）我认为这不是路易斯所说想为"亚当和夏娃毫不神秘的做爱场景"找借口，敷衍地一笔带过；利维斯博士认为，弥尔顿应该"像书写天使的爱情一样，尽可能遥远而神秘地处理亚当和夏娃的爱情"，这等于说弥尔顿是在其现代意义"模糊的"（vague）上使用"神秘的"一词，而不是像在这里用的是它更古老的意义"宗教的"（religious），也就是与神圣接受的东西和超越自然理性之外的东西有关。弥尔顿认为人类和动物存在区别。因此，男人和女人的婚姻不仅是为了种族繁衍。通过结婚仪式，他们成为"一体、一心、一魂"，彼此的骨中骨、肉中肉。这是一种神圣的行为。在动物那里，性爱只是自然的行为，但在人类这里是"神秘的"（也就是"宗教的"）的行为。或者说，婚姻这种"神秘"的仪式对于人类来说是自然的。弥尔顿在这里是按照伟大的新教传统写作。这种传统体现于《爱德华六世第一祈祷书》中萨拉姆礼仪对婚姻目的的解释，也保留在《公祷书》的婚仪之中，《公祷书》认为婚姻是"人类纯真时代的上帝之命"。[6]弥尔顿反对放荡的诗人歌唱"单身汉的黄金时代"，不顾社会传统和禁忌，快乐自由地求欢，随时可以选择离开。[7]他描绘的黄金时代，至高的快乐是亚当和撒旦"神秘"的婚仪。

　　正如对于乐园的书写,弥尔顿这里再一次给我们展示了一个对照:人类堕落之前的爱情和堕落之后的爱情。布什教授指出[8],无论是描写诸神的爱情,还是宁芙和牧羊人的爱情,同样一成不变的环境都是花团锦簇。但在人类堕落之后,没有求爱,当然也没有祷告。相反,亚当"抑制不住淫欲的眼色和戏谑",夏娃的"眼中射出情火":

> 他抓住她的手,领她到一个
> 心爱的地方,树荫摇曳的岸边,
> 密枝交错,浓绿屋顶的庐舍。(IX.1037-9)

> Her hand he seis'd, and to a shadie bank,
> Thick overhead with verdant roof imbowr'd
> He led her nothing loath.

人类堕落之前,弥尔顿主要依靠触觉带来的喜悦。在人类堕落之后,主宰和刺激情欲的是淫欲的眼色。相对于触觉,视觉是更能表达思想的、更高贵的官能。触觉、味觉和嗅觉这些纯粹肉欲官能的享受，象征着乐园的天真。借用多恩的一行诗来说，弥尔顿首先向我们展示了一种"和平"的爱，"甜蜜地、勉强地、多情地拖延着"，然后向我们展示了一种"愤怒"的爱，一种贪婪的结合。

女人天生不如男人的观念，在《失乐园》中不只强调一次。我们或许可以说，在对亚当和夏娃的描绘中，弥尔顿给了夏娃在道德和精神品质上的优势。正是亚当，开始挑起痛苦的争吵，率先指责说"这全是你的错"。对于亚当的指控，夏娃用简短的经文答复，淋漓尽致地体现了她的尊严；她的答复使得亚当的指责听起来更加饶舌和自私：

愁苦的夏娃淹没在羞耻中，

她马上就承认了，但在审判者

面前，还不敢大胆、多嘴，

只红着脸，简短地这样回答：

"蛇欺骗了我，我就吃了。"（X. 159-62）

To whom sad Eve with shame nigh overwhelm'd,

Confessing soon, yet not before her Judge
Bold or loquacious, thus abasht repli'd.
　The Serpent me beguil'd and I did eate.

88　我们想起所有对于女人饶舌的嘲讽,在这几行诗中都被无言地拒斥。亚当躺在地上哀叹,正是夏娃把他逼出来,不怕他非常残忍的辱骂。如果她引着亚当犯了罪,她也引着亚当去悔罪。她的悔罪和悲伤唤醒了亚当的爱和怜悯,她希望一个人接受全部的惩罚,这种冲动的大度让亚当真正感觉到他们共同的苦难。当她去找亚当,流下泪水,为引他犯下罪而悔罪,这时,她也给亚当指明了他们可能获得宽恕的途径;当亚当感受到了宽恕,听见祷告得到应许,他转向夏娃,以一个新名字严肃相称。此前,夏娃一直是

这一切快乐的唯一分享者……(Ⅳ.411)

Sole partner and sole part of all thesejoys. . . ;

神和人的女儿,白璧无瑕的夏娃啊……(Ⅳ.660)

Daughter of God and Man, accomplisht Eve . . . ;

我自己最好的肖像,亲爱的半边身呀……(V.95)

Blest Image of myself and dearer half . . . ;

一切生物中无比优秀的,
我唯一的夏娃,唯一的伴侣啊……(IX.227-8)

Sole Eve, Associate sole, to me beyond
Compare above all living Creatures deare . . . ;

啊,创造的绝艺,一切神工的最后最好的杰作……
(IX.896)

O fairest of Creation, last and best . . . ;

现在,他像天使拉斐尔一样称呼她为"夏娃",以同样严
肃和带有预言的语气为她欢呼:

　　　　我为你欢呼万岁！

　高呼夏娃的正名，全人类的母亲，

　　一切生物的母亲呀，人类赖你

　　而生存，万物为人类而生存。（XI.158-61）

　　　　　　Whence Haile to thee

　Eve rightly call'd, Mother of all Mankind,

　Mother of all things living, since by thee

　Man is to live, and all things live for Man.

弥尔顿把夏娃刻画成全人类的母亲和抚育者。夏娃悲
叹自己将被逐出乐园：

　　　啊，易地不能生长的花儿啊，

　　　我从早到晚一直看顾你，

　　　从你蓓蕾初绽时起就用我这

　　　柔弱的双手培养你，给起名字，

89　　　从今以后有谁来把你搬到

　　　向阳处，把你分类排列，用

　　　发着天香的泉水灌溉你呢？

我的洞房啊，我曾用美的、

香的东西把你装饰，我怎能

离开你，往低湿阴暗荒凉的

世界上去流浪呢？我们一向

习惯于吃不朽的灵果，怎么

能去呼吸别处混浊的空气呢？（Ⅺ.273-85）

> O flours
> That never will in other Climate grow,
> My early visitation, and my last
> At Eev'n, which I bred up with tender hand
> From the first op' ning bud, and gave ye Names,
> Who now shall reare ye to the Sun, or ranke
> Your Tribes, and water from th' ambrosial Fount?
> Thee lastly nuptial Bowre, by mee adornd
> With what to sight or smell was sweet; from thee
> How shall I part, and whither wander down
> Into a lower World, to this obscure
> And wilde, how shall we breath in other Aire
> Less pure, accustomd to immortal Fruits?

这是即将失去乐园的夏娃的心声。对于亚当，乐园是他与上帝交流的地方。对于夏娃,乐园是她劳作的地方,这里有她培植的花木,有她亲手装饰的洞房:乐园就是她的家。夏娃沉睡的时候,天使向亚当预示了未来的景象;但是,尽管她在沉睡,还是做了温柔的梦。弥尔顿把《失乐园》中最后一席话留给了夏娃来说。在这里,他以最精彩的笔墨赞颂了她无私的爱和谦卑,这两种所有美德中最迷人的美德:

我知道你从哪儿回来,

到哪儿去了;当我悲伤、烦恼,

倦极而睡时,上帝也在睡中

用梦境教导我,告知我大好消息。

领我走吧,我决不迟疑。

和你同行,等于留在乐园。

没有你时,留也等于被放逐。

你为我明知故犯的罪被流放,

你是我天底下的一切东西,

一切的地方。比这更大的安慰

使我安心离开这里的,那是我

不配接受的恩典;虽然一切

都因我而失去，但照圣约所定

我的种子会全部得以恢复。（Ⅻ.610-23）

      Whence thou returnst, & whither wentst, I know;

For God is also in sleep, and Dreams advise,

Which he hath sent propitious, some great good

Presaging, since with sorrow and hearts distress

Wearied I fell asleep: but now lead on;

In mee is no delay; with thee to goe,

Is to stay here; without thee here to stay.

Is to go hence unwilling; thou to mee

Art all things under Heav'n, all places thou,

Who for my wilful crime art banisht hence.

This further consolation yet secure

I carry hence; though all by mee is lest,

Such favour I unworthie am voutsaft,

By mee the Promis'd Seed shall all restore.

    夏娃这一声"没有你时，留也等于被放逐"，呼应了
《失乐园》中前面两处对他们挚爱的肯定。一处是夏娃
还没有堕落之前，那里或许是《失乐园》中最美的抒情
段落，她把对乐园之美的赞颂转向对爱情的赞颂：

但没有你时，便觉得晨风不鲜，

早鸟的歌唱不欢，尽管有太阳

照耀大地，草木花果的露珠晶莹，

雨后的流芳，愉悦的夕暮来临，

沉静的夜带来她那严肃的鸟儿，

在月亮或亮晶晶的星光下散步，

这一切，若没有你便不见快乐。（Ⅳ.650-6）

　.

But neither breath of Morn when she ascends

With charm of earliest Birds, nor rising Sun

On this delightful land, nor herb, fruit, floure,

Glistring with dew, nor fragrance after showers,

Nor grateful Evening mild, nor silent Night

With this her solemn Bird, nor walk by Moon,

Or glittering Starr-light without thee is sweet.

另一处是在戏剧活动的危机时刻，在或许是《失乐园》中最感伤的时刻，想到没有了夏娃，自己独自留在乐园，亚当顿觉五彩缤纷的乐园黯然失色，荒凉无边：

没有你，我怎么能活下去呢？

怎么能放弃和你愉快的谈话，

深结的爱，而孤单地活在野林里？（IX. 908-10）

How can I live without thee, how forgoe

Thy sweet Converse and Love so dearly joyn'd,

To live again in these wilde Woods forlorn?

弥尔顿肯定是想要我们听见这些回声。夏娃因为"胆大冒险"而有罪，弥尔顿和他的时代认为，一个女人胆大冒险是不合适的。亚当因为依赖另一个人而有罪，弥尔顿和他的时代认为，一个男人要依赖女人是不合适的。夏娃，无论是无罪还是悔罪，对她来说都是正确的，换成亚当来说，都是错误的。亚当不能忍受没有夏娃一起生活的想法。这等于委婉地说，他要为她而死，他决定与她赴死。他的动机不是想要与她一起接受惩罚，为她减少一点惩罚。他的感慨泄露了真心：没有她，他怎么能活下去。正是为了自身的缘故，逃避孤独的恐惧，正是为了爱的缘故，而非为了夏娃的缘故，他决定分担夏娃的命运，无论那是怎样的命运。弥尔顿认为，这是一种柔弱。

瓦尔多克教授认为，《失乐园》的结构在这个时刻坍塌，因为我们的正义本能和道德情感都是与亚当在一起，他选择与夏娃一起死，而非选择天真无忧的苟活，我们会为他的决心鼓掌。如果说，无论是在天国主题的层面，还是在人类主题的层面，《失乐园》都有问题的话，那么，本质上，这两种问题都是一样的，都是撒旦的英雄品质带来的问题。正如弥尔顿不必证明撒旦是邪恶的，因此可以赋予他许多辉煌的大天使的美德，他也不必证明吃掉禁果是一场灾难，证明这个行为本身虽然是无害的、微小的，但它的内涵和后果是骇人的、重大的，好比"以小喻大"，如同恺撒渡过的卢比孔河，其实是一条小河（墨索里尼一篇文章题目中的小河其实就是指卢比孔河），连小孩都能穿越，但是跨越它，却是决定性的不可逆的行为。同样，乐园的禁果本身只是一个苹果，但它又代表一切，因为上帝的旨意使之代表一切。对于十七世纪的人来说，吃禁果这样一个细小的动作，凝聚了强大的宗教感情和敬畏。这枚禁果是符号，象征人类拒绝达到他作为造物的首要目的："永远荣耀神并享受与神同在"。这个行为具有普世的重要意义，正如我说过，弥尔顿可以轻而易举地表现

91

它，不用刻意引起我们的恐惧。他只须说"夏娃摘下苹果吃了""亚当也勉强吃了"就够了。弥尔顿在这里依靠一个普遍的回应，他可以给予夏娃和亚当高贵的动机，或者正如在所有悲剧行为中，给予他们高贵和卑鄙的混合。弥尔顿认为，男人和女人之间的爱是世上最高的善，"躺在另一个人的臂弯"是"无比幸福的乐园"，在我们堕落的世界，"亲密关系和仁慈善心"的根源可见于婚姻之爱，所以他给予了亚当一个不可能不令人同情的动机，以最可能清晰的光线照亮这个古老故事的意义。当犹太人接纳了巴比伦乐园及生长于其中的生命之树的故事，他们的宗教天才把一种新的意义注入其中。最初，这似乎是一个解释死亡现象的故事，毕竟原始思维似乎总是觉得有必要解释死亡现象。人不会永生，因为灵活的蛇追逐他跑向生命之树，剥夺了给他应许的恩惠。除了生命之树，犹太人增加了另一棵善恶知识之树，或者说是关于幸福和痛苦的经验之树，把死亡解释为人冒犯了神意的后果，从而将"罪"和"死"联系起来。如此重塑的故事表达了犹太人的深切信仰，"罪"首要是忤逆上帝，不是社交的冒犯，而是有意的冒犯。这种"神秘的"禁令（我用了"mysterious"

92

一词的古义，意思是超越理性的解释），是一种宗教的禁令。这就是为什么撒旦不理解它，认为整个事情荒诞不经：

> 我用诈术
> 假意赞美创造主而骗了他；
> 更加使你们惊奇的是用一个苹果。
> 上帝发怒了，真是可笑！他把
> 喜爱的人和世界的一切都丢弃给
> "罪"和"死"，就是交给我们。（X.485-90）

> Him by fraud I have seduc'd
> From his Creator, and the more to increase
> Your wonder, with an Apple; he thereat
> Offended, worth your laughter, hath giv'n up
> Both his beloved Man and all his World
> To Sin and Death a prey.

"一切都是为了一个苹果，为了一个吃掉的苹果"，中世纪的这首颂歌表达了同样的意思，只是目的不同。未吃的苹果象征人服从上帝的誓言，象征一切都归于上帝。它相当于犹太教中的一些特征，诸如严格饮食禁忌，初熟之物，十一奉献，谨守的安息日。这些都是可见的永恒的符号，象征人承认神旨高于其他一些命令：我们使用和享受的一切归根结底都是神的赐予。因为神意是纯粹"宗教性的"（也就是"神秘的"）命令，所以被违背的命令必定是非理性的命令。夏娃对此非常清楚。这命令是"他天声的唯一掌上明珠"：

93

> 此外，
>
> 我们依照我们自身的法律而生活，
>
> 我们的理性就是我们的法律。（IX.653-4）

> the rest, we live
> Law to our selves, our Reason is our Law.

他们可以权衡所有其他的行为，凭借理性之光选择什么是对，什么是错。但这一个行为没有商量余地。不存在赞成或反对吃禁果的理由，在道德上而言，这个行为本身是中性的。撒旦的狡猾在于对夏娃暗示，这是可以商量的，她应该吃的理由胜过她不应该吃的理由。

因此，亚当不是上当受骗，尽管他决心吃禁果之后，他的确找了聪明的理由，暗示忤逆神意不会那么严重，或者可能不会有惩罚。他知道这个行为有"罪"。但他还是决定要吃，因为他不能忍受与夏娃分离。"自然的纽带"把他和夏娃绑在一起：

> 二人的遭遇不可分，我们是一个，
> 同一肉体，失去你就是失去我自己。(IX.958-9)

> Our State cannot be severd, we are one,
> One Flesh; to loose thee were to loose my self.

因此，弥尔顿把自然的纽带和上帝的旨意明确地对立，无疑他记得诸如《路加福音》中那句严厉的话："人到我这里来，若不爱我胜过爱自己的父母、妻子、儿女、弟兄、姐妹，和自己的性命，就不能作我的门徒。"亚当依恋夏娃，与此形成鲜明对照的是，我们在弥尔顿最伟大的同代人班扬笔下看到的情境。在《天路历程》的开头，班扬刻画了一个基督徒：

这时候我在梦里看见那个人开始跑起来。可是他刚刚跑出了家门口没有多远，他的妻子和儿女就发觉了，立即大声喊他回去；但他却用手指塞住耳朵，一面跑，一面喊：生命！生命！永恒的生命！他就这样头也不回地，拼命逃往平原的中央。

班扬在页边的空白处写道，他参考了《路加福音》（14.26）， 94
也就是我上面引用的那句话。

许多人把多恩拿来与弥尔顿比较，结论总是不利于弥尔顿。但是，作为一个书写人间爱情的诗人，他与弥尔顿一样严厉。多恩认为，"自然的纽带"属于自然人，在天国，没有婚姻，没有逼婚，没有夫妻或父子。他写的那首爱妻之死的十四行诗，将爱妻之死归因于上帝"温和的嫉妒"，因为担心他会放任爱"移向圣徒、天使之类的圣者"。在致岳母的信中，他以同样的理由安慰道：

上帝似乎后悔，他给了你一生中尘世的幸福。他也许要使你的灵魂一直练习，渴望和保证立刻走向他……他的目的是，从你的心中消除所有对尘世幸福的爱，免得你因为拥有了尘世的爱就忘记了他。他要完全占有你。[9]

弥尔顿承认，服从上帝是绝对的要求，他也期待我们承认这一点，但为了与整个题材的处理一致，他还是让亚当为了人类至高的善而离开上帝的怀抱，为了最宝贵的世俗礼物而弃绝了上帝。

在高潮之后，故事的张力自然也就随之消减。《失乐园》最后两卷让我们看到了人类的全部历史，看到了我们都知道的世界，一个充满疾病、劳作、死亡、战争、暴政和灾难的世界。亚当必须把所有这一切带进他的意识，让想象配得上人类巨大的罪和苦难。这些世界苦难的景象，属于弥尔顿对《失乐园》的最初设想。它们作为带有讽喻性的盛大场景，就已出现在他一六四一年拟写的悲剧草稿中。有人认为《失乐园》最后两卷是弥尔顿上了年岁、精神幻灭之后才写的，那时，因为政治抱负的失意而感到气馁，他已失去了写作这部史诗之初的精力和热情。[10]我认为这种观点是错误的。有人认为《失乐园》这首史诗是弥尔顿从头到尾循序渐进写的。我认为这种想法同样过于天真。无论最后

95

两卷写于何时，结尾处的哀伤语调都与弥尔顿选择的题材密不可分。一部名叫《失乐园》的史诗，必然以哀伤结束。前面几卷的欢快和想象活力，在第十卷中再次爆发：第一个场面是撒旦与"罪"和"死"见面；第二个场面是撒旦戏剧性地回到地狱，

> 他以天军最低级士兵的姿态，
> 隐蔽地从众人中间走过去，（X.441-3）

> through the midst unmarkt,
> In shew plebeian Angel militant
> Of lowest order,

悄悄地登上他的高座，然后"突然放射着帝王的光彩"，发表了一番热情洋溢的胜利演说；第三个场面，也就是弥尔顿最后一次奇特而大胆的想象，是把撒旦和其他堕落天使变形为蛇，挤在地狱的一片丛林，吃死海里的果实。想象的力量和创造的自由属于天国主题。但在这里，善的胜利得到肯定，想象力因为悲伤的现实经验而挣脱了锁链。人类主题或历史主题要求用不同的手

法处理。获得希望慰藉的哀伤语调，是《失乐园》结尾唯一可以忍受的语调。在天国主题层面上，善生于恶，这个伟大的"天命"决定了谋篇布局；这正是米迦勒对亚当说的"天理"。在人类主题层面上，弥尔顿只能讴歌"正直纯粹之心"的秘密胜利，他为我们提供了难以用美妙言辞想象的"内在的乐园"，替代失落的美丽乐园。在史诗结尾，他带我们回到熟悉的生活，善的胜利关乎信仰和未来的希望，不是经验的问题。当弥尔顿放弃写作一部爱国史诗的念头，决定不去歌颂自己大地的胜利或者某个基督教英雄或殉道士的勇烈，而是把人类的始祖作为他的主人公时，他一心一意要创作的史诗必然是开放性的结尾。如果我们看看人类的历史，想写一首照亮当下人类境况的诗歌，就会明白，不可能以别的方式结尾，只能是以"开放性的结尾"。对于教徒来说，这个故事是不完整的，在此世永远不会完整。对于不可知论者来说，人类故事是一个没有结尾的故事，这同样正确。五十年前，可能还有理由批评，正如一些批评家所做的，弥尔顿浓墨重彩描绘的人类痛苦和历史图景过于阴暗，很少提及人类成就和文明进步。这种批评在今天似乎不大成立。谋杀、战争、奢靡、享乐、冷漠、自私、灾难、毁灭、暴政、残酷压迫、民族奴役,弥尔顿从《创世记》开头几章提炼出的这些人类模式,现在看来是我们相当熟悉的历史景象。我们也许都会情不自禁地附和亚当,在他预见的人类第一场战斗中,他目睹凶猛的士兵冲向一群热爱和平的牧民,忍不住悲叹:

> 啊,这些是什么?是死的徒众,
> 不是人,这么残忍地弄死人,
> 万倍加深了弑弟者的罪行,
> 他们这样的虐杀,岂止是杀
> 兄弟,人杀人呢?(XI.671-6)

> O what are these,
> Deaths Ministers, not Men, who thus deal Death
> Inhumanly to men, and multiply
> Ten thousand fould the sin of him who slew
> His Brother; for of whom such massacher
> Make they but of thir Brethren, men of men?

无论弥尔顿在什么人生阶段写作《失乐园》,都只　97

能以悲伤结尾。但我们不会怀疑，他迟迟不动笔写这部巨著，对我们大有好处。他参与伟大政治事件的经验，给了这部史诗许多戏剧性的现实，他人生希望和政治抱负的幻灭给了这部史诗以深度。《失乐园》里有丰富的人生经验和人类知识，有沉重的人类苦难，这些是十七世纪四十年代的弥尔顿不能提供的东西。因此，他最终完稿的作品，既包含了强劲的想象力、独特的创造力、丰富的细节和完美的结构这些一个艺术家成熟作品应该具有的特征，也包含了他晚期作品中深深打动我们的精神品质。在晚期作品中，他努力表达的意义对他是如此重要，以至于压倒了他对表达方式的兴趣。弥尔顿必定是在一个严厉的学堂学会了耐心。对于弥尔顿这样一种热情似火、激情满怀气质之人来说，耐心是所有美德中最难的美德。对于弥尔顿的冷言冷语，已有太多的谈论。我们或许可以相信，"每碰到字母'R'，他都要重读，象征了他机智的嘲讽"。①[11]《失乐园》中有许多机智的嘲讽。它们为这部史诗增加了

---

① 字母"R"是"Royal"（王室）、"Republic"（共和国）和"Reverend"（教士）的首字母。

一点味道，如果没有这一点味道，整部史诗就没有那么鲜美；但是，它们只是其中很少的一部分。掩卷之余，我们获得的是一种复杂的感受：我们既惊叹于弥尔顿的"大手笔"，景仰他的勇气，动工并完成这样一桩十分具有创意的工程，赞赏他用以点缀宏论的丰富知识，同时我们也惊叹《失乐园》结尾谈到我们人类境况时的简洁。在《失乐园》的结尾，弥尔顿留给我们的是他千辛万苦获得的知识——默默忍耐、"无畏艰难"、坚定信念、平心静气，这些是支撑我们在"荒凉人世"不会跌倒 98 的不二法宝：

> 因此，我知道顺从最好，爱慕、
>
> 敬畏唯一的神，像在他跟前行走，
>
> 常守他的志意，唯独依靠他，
>
> 他的慈爱覆庇他一切的创造物，
>
> 不断地以善胜恶，以小事成大业，
>
> 弱者制胜世界的强者，朴拙的
>
> 胜过世界的智巧，为真理而受难，
>
> 是最高胜利中的坚毅斗士，
>
> 对有信仰的人，死是永生之门。（XII.560-71）

Henceforth I learne, that to obey is best,
And love with feare the onely God, to walk
As in his presence, ever to observe
His providence, and on him sole depend,
Merciful over all his works, with good
Still overcoming evil, and by small
Accomplishing great things, by things deemd weak
Subverting worldly strong, and worldly wise
By simply meek; that suffering for Truths sake
Is fortitude to highest victorie,
And to thefaithful Death the Gate of Life.

前面,我引用过柯尔律治对撒旦的评论。现在,我引用柯尔律治阅读和重读《失乐园》的经验来结尾:

我们用心读完这部不朽的史诗,无不深切感受到弥尔顿高贵纯洁的心灵……正如历来伟大的诗人,弥尔顿也是一个好人;在发现自己的抱负,无论是宗教、政治还是社会的抱负,不可能实现之后,他全身心地投入精神生活和内在之光,记录下自己超验的理想,用丰富世界的方式,来报复世界。[12]

注释

[1]《失去乐园的亚当》（"Adam Unparadised"），《不朽的弥尔顿》，页100。

[2]《割草人斥花园》（"The Mower against Gardens"）。

[3]《为司梅克丁姆纽斯申辩》（*Apology for Smectymnuus*）。

[4] 对观《泰特克顿》（*Tetrachordon*），在谈论圣保罗的劝告"妻子要服从丈夫"之时，弥尔顿补充说："除非这种特别的情况，如果妻子在审慎和敏捷方面超过丈夫，丈夫就应心甘情愿服从妻子，因为更高的自然法规定，无论男女，都应该服从更智慧的人。"我想我们必须承认，弥尔顿显然认为这种情况不会经常发生。

[5]《〈失乐园〉序》，页118-120。

[6] 其蓝本是赫尔曼的《忠告》："婚姻是一种神圣的生活，为上帝所接受。因为从《创世记》（第二章）、《马太福音》（第十九章）和《传道书》（第五章）等地方，我们知道上帝制定了神圣的婚约，乐园中的人是完美神圣的……"

[7] 对观多恩的《受限制的爱》：

> 有的男人不配拥有新欢
>
> 或旧爱，由于自身虚伪或虚弱，
>
> 以为他的痛苦和耻辱会稍减少，

假如他可以向女人发泄怒火；

　　由此就产生一法纪，

　　女子只可交一男子；

　　可别的生灵也如此？

　　太阳、月亮或星星被法律禁止

随处微笑，或把光亮出借？

　　鸟雀也须离婚，或遭呵斥，

若离开配偶，或在外头过夜？

　　　禽兽无财产可失去，

　　　即使又择取新爱侣，

　　　我们却禽兽都不如。(傅浩 译)

Some man unworthy to be possessor
Of old or new love, himselfe being false or weake,
　Thought his paine and shame would be lesser
If on womankind he might his anger wreake;
　　And thence a law did grow:
　　One should but one man know.
　　But are other creatures so?

Are Sunne, Moone or Starres by law forbidden
To smile where they list, or lend away their light?

Are birds divorc'd, or are they chidden

If they leave their mate, or lie abroad a night?

    Beasts doe no joyntures lose

    Though they new lovers choose,

    But we are made worse then those.

这种流行的自然主义的主要源头是奥维德的《变形记》（x.320 et seq.）和塔索（Tasso）的《阿明塔》（*Aminta*）中的合唱《美丽的金色年华》（"O bel età de l'oro"）。

[8]《〈失乐园〉在我们时代》（康奈尔大学出版社，1945），页105–106。

[9]《托比·马修斯爵士书信集》（*A Collection of Letters Made by Sir Tobie Mathews*，1660），页325–327。

[10] F.T.普林斯教授的文章《论〈失乐园〉最后两卷》（"On the last two books of *Paradise Lost*"，见《论文与研究》，[1958]）对《失乐园》最后两卷的结构和诗艺做了精彩的辩护。

[11] 奥布里（Aubrey），《短暂人生》（*Brief Lives*），克拉克（Clark）编辑（1898），第二部分，页67。

[12] 柯尔律治，《批评杂集》，页165。

附录 A　弥尔顿的撒旦与伊丽莎白时代悲剧中的罪孽主题[1]

　　我们全都熟悉弥尔顿的撒旦的后裔,最近批评界的努力都指向清除弥尔顿诗歌中的撒旦与浪漫主义传统的普罗米修斯式的反叛之间的关联。但是,撒旦是否有任何祖先,这个问题还很少有人提起,即使有人提起,也被轻描淡写地打发掉,暗示他的祖先要么是大众传统中的魔鬼,要么是古英语《创世记纵览(下)》中的英雄人物。最近去世的查尔斯·威廉斯先生写过一篇论弥尔顿的文章,看来很可能成为经典。C. S. 路易斯先生欣然承认,他为《失乐园》写的序言是对威廉斯文章中观点的引申。我们希望,他们两人已经永远摧毁了这种观点:撒旦有理由叛乱。[2]但是,即使我们同意撒旦"超越了一切尺度"的"罪过"只存在于雪莱丰富的想象中，相比于塑造一个好人，更容易塑造一个坏人，即使我们认同这个观点，撒旦的人生是持续堕落的过程，最终完全扭曲，我们仍然没有解释，为什么浪漫主义的批评家要颠覆《失乐园》，为什么"普通读者"发现前几卷的想象力效果远比后几卷强大，为什么在重读此作的时候，对撒旦之恶意和卑鄙的揭露看起来奇怪地无关。我们没有被撒旦在不断堕落这个观点影响，我们心目中总是有这样一个形象，他遭遇了莫大的痛苦和永远的失落。这种形象与《失乐园》的结尾不协调，《失乐园》的结尾并没有将这种形象从我们记忆中驱逐，或者减轻其效果。

C.S.路易斯先生写道："从英雄到将军，到政客，到卧底，到卧房中或浴室窗户上的偷窥者，到蟾蜍，最后到一条蛇：这就是撒旦的人生历程。"他正确地宣称，毫无疑问，弥尔顿一开始把撒旦塑造得太辉煌，然后极力想矫正这个错误，却为时已晚。"那样一种完美图像的'受伤的价值感'，在对人物的实际塑造中出现，绝非误打误撞。"我们可以为撒旦的生涯寻找参照系，但不是来自伊阿古（Iago）和贝基·夏普（Becky Sharp）。C.S.

路易斯先生把这两人当成坏人的典型,他们比好人更加有趣。从勇敢忠诚的将军,到背信弃义的杀手,到刺客雇主,到奸细主人,到杀人屠夫,到懦夫,到对任何别的都无感情的东西,到恶魔,到"地狱的看门狗";这是麦克白的人生历程。从骄傲的哲人,人类一切知识的主人,到骗子,到魔鬼奴仆,到猥琐混蛋:这是浮士德博士的人生简历。原本出生光明美好的一个人,执意做违背本性的事情,结果面目全非,这样的变形主题,不但被莎士比亚和马洛借用各种神话手段处理过,也被米德尔顿和罗利在《变节者》中以纯粹自然的场景和震撼人心的力量处理过。正是在悲剧舞台上,我们发现了《失乐园》之前英国文学中的"罪孽"观念。威廉斯先生写道,"撒旦代表了对个体独立的强烈诉求"。他在反叛"事物的根本事实"。浮士德、麦克白和贝阿特丽丝-乔安娜同样如此。特别有趣的是,我们注意到,在《麦克白》和《变节者》中,无论是莎士比亚,还是米德尔顿和罗利,都改动了所用素材,旨在充分挖掘变形主题的内涵。

在中世纪的戏剧中,撒旦是一个喜剧角色;在伊丽莎白时期,撒旦实际上从伟大的戏剧中消失。但是,还是存在路易斯先生所说的"撒旦的困境",它以悲剧而非喜剧的形象模式出现。在大众神学中,魔鬼和人之间的可怕区分在于,天使堕落成了魔鬼之后不可能再变好。与人不一样,堕落的天使不会悔罪,因此他们得不到宽恕。正如多恩说:"堕落的天使,得不到宽恕;戴罪死去的人,不能复生;天使因堕落而不再纯洁,人因死亡而化为异物;他们都不能变好或重生。"[3]多恩意识到有些神父认为"魔鬼仍然保留了自由意志的能力,因此能够悔罪,能够随着基督的来临而受益"[4];但这恰是阿奎那否认的观点。多恩赞同阿奎那的观点。阿奎那认为,堕落的天使不会悔罪,因为,尽管他们知道悔罪始于恐惧,但他们的自由意志遭到败坏,"凡是属于它们本性的,都完全是善,并且倾向于善;但他们的自由意志却都导向恶。德行与恶行的动机不是遵循自然本性,而是更多地遵循自由意志的动机。因此,遗憾的是,即使他们自然本性倾向于善,他们也并非就具备了或者可能具备了德行"。[5]在浮士德和麦克白的悲剧世界里,我们发现莎士比亚和马洛用笔墨向我们呈现了这种没有能力变得更好的状态。我们从来没有想过,麦克白将会回头,或者事实上能够回头;尽管比莎士比亚更加仁慈、更加喜欢抽象的马洛,借助纯洁天使的鼓动,为我们保留了浮士德的人性,但对于纯洁天使的鼓动"浮士德,忏悔;上帝会怜悯你",堕落天使立刻回应:"你是一个精灵;上帝不会怜悯你"[6];对于浮士德的这番话,

> 谁在我耳边悄悄说话,我是一个精灵?
>
> 我是一个魔鬼,上帝会怜悯我;
>
> 是的,上帝会怜悯我,如果我忏悔。

> Who buzzeth in mine ears, I am a spirit?
>
> Be I a devil, yet God may pity me;
>
> Yea, God will pity me, if I repent.

堕落天使自信地回应:"啊,但浮士德决不会忏悔";对此,浮士德给了绝望的赞同:"我的心肠已硬,我不会忏悔"。[7]

在前面提到的三部戏剧里,与这种没有能力变得 102 更好或者没有能力忏悔一起的,是另外两个密切相关的观点。其一,起始的行为是违背自然的行为,这是一

种原罪,因为它与"事物的根本事实"相抵触,犯下这种原罪的人也知道它与"事物的根本事实"相抵触。它不是误犯的行为;它不是错误的判断,不是错误的意志。这种行为是不自然的,其结果也是不自然的;它扭曲了做这种行为的本性。其二是因果报应的反讽。做这个行为,是为了想象的善,这种想象的善,似乎是无穷地可欲,以至于接受了其认为满足的条件;但一个严厉的必要性在主宰,确保尽管这些条件严格执行,这种愿望只是反讽性地给予,这是不可避免的,因为这种愿望只是针对某种人的本性禁止的东西。[8]

《浮士德博士》是马洛最伟大的戏剧。很遗憾,我们现在看到的明显只是残篇。不过,尽管文本中可能有文字扭曲和误植,整个情节的大逆转还是十分醒目的。除了作为古典戏剧框架的开场和结尾的合唱,以及一六一六年那个版本结尾多了简短的一场(研究者们在这一场发现了浮士德博士血肉模糊的身子),《浮士德博士》都是以主人公在书房中来开始和结束。在第一场,浮士德穿越了人类知识的所有分支,发现它们还是不能满足自己的欲望。逻辑学只能教会议论。医学止步于人类欲望最受挫折的地方,因为它不能击败死亡。法学唯利是图。他最后寄予厚望的神学最令他失望：它建立在对人类必朽、必会犯错的承认之上。来自哲罗姆拉丁版圣经中的两段文字打击了他的渴望："我们若说自己无罪，便是自欺，真理不在我们心里了；我们若认自己的罪，神是信实的。"[9]他转而求助于魔法，因为那是：

一个充满利益、欢乐、 103

权力、荣耀的世界，一个万能的世界。

a world of profit and delight,

Of power, of honour, and omnipotence.

他决定"千方百计找到一个魔鬼"。在这里，浮士德的"罪"是"自大"，是渴望更高的等级，或者违背他作为造物的律法。

但是，当我们最后一次看到他独自在书房，让他受到惩罚的是相反的一种"罪"：浮士德的终极之"罪"是"绝望"。[10]无论他是多么恐惧拜访上帝或基督，他真正相信的是魔鬼的力量，是与魔鬼的纽带。他对魔鬼祈祷："啊,饶了我! 魔鬼先生。""啊,不要因为我呼了基督之名就撕裂我的心!"经院哲人把忤逆上帝之罪成对划分,多恩把自大和绝望视为其中的一对,"因为它们天然地关闭了圣灵作用于我们的途径……因为自大带走了对上帝的畏惧,绝望带走了对上帝的爱"。[11]它们是"傲慢"之罪的两个面相。受魔鬼折磨的浮士德迷恋魔鬼的力量;但他的信仰确保了他的安全。从第一场的浮士德博士,到最后一场的浮士德博士,出现了大反转,我们可以用不同方式来表述:从自大,到绝望;从怀疑地狱的存在,到相信只有地狱别无其他;从不满足于为人,到认清自绝于基督对全人类救赎的允诺;从急于与魔鬼签协议,到渴望推迟生效的一刻;从渴望成神和万能,到渴望毁灭。戏剧开始时,浮士德博士希望超越自己的人性;结尾时,他失去人性,沦为野兽,甚至变成"小水滴"。开始时,他觊觎上帝之位;结尾时,他篡夺了魔鬼之席。[12]

按照流传下来的版本,我们难以从中推断浮士德获得的回报。公平地说,浮士德似乎不是为了满足恶作剧而出卖灵魂。但是,戏剧开始时有两个重要的片段,我们在那里明显可见马洛的手在操弄,从中可能推断浮士德的回

报。浮士德将魔鬼靡菲斯特(Mephistophilis)看作他的仆人;他要求二十四年"骄奢淫逸的享乐人生":

> 你必须心甘情愿服侍我,
> 我要什么,你就递给我,
> 我问什么,你就回答我,
> ……
> 必须俯首帖耳听命于我。

> Having thee ever to attend on me,
> To give me whatsoever I shall ask.
> To tell me whatsoever I demand.
> ……
> And always be obedient to my will.

随着剧情的推进,我们看到最后一条协议发生变化:奴仆变成了主人。正是靡菲斯特,作为"伟大的魔鬼"的 105 代表,在毋庸置疑地发号施令,而俯首帖耳听命的是浮士德。其他几条协议一样发生了逆转。刚签完协议,浮士德就迫不及待地提问。他问什么是地狱。在戏剧中,他获得了真正的答案,但他不相信那个答案。他认为地狱是一个传说,靡菲斯特冷嘲热讽地结束了这个话题:"啊,你是这样想的,经验会改变你的想法。"随后,浮士德博士提了第一个要求:他要一个妻子。在这里,戏剧文本明显有缺陷;诗体破裂成半行,甚至变成了散体,一个装成女人的魔鬼风风火火地冲进来。但在这场闹剧之后,靡菲斯特继续以马洛式的典雅诗歌说话:

> 婚姻只是一个礼仪玩具:
> 如果你爱我,就不要多想,
> 我会为你挑最好的女人,
> 每天早上带到你睡榻前;
> 她会令你悦目,让你赏心。

> Marriage is but a ceremonial toy:
> And if thou lovest me, think no more of it.
> I'll cull thee out the fairest courtesans.
> And bring them ev'ry morning to thy bed:
> She whom thine eye shall like, thy heart shall have.

如果我们回到这部戏剧的原始素材,也就是一五九二年的《英国浮士德书》，我认为就能够看清这个场面的含义，猜到马洛为什么把它放在这里：

> 浮士德博士……想要一个妻子，就找来靡菲斯特商量。靡菲斯特无论如何不答应，还问他："是不是破坏了达成的协议？是不是忘记了协议？"浮士德博士反问："难道你不是发誓，要与上帝和万物为敌？"靡菲斯特回答说："你不能结婚，不能一仆二主，既服侍上帝，也服侍我：婚姻是上帝订立的重要制度，你既然答应像我们一样蔑视这种制度，你就该执行：更何况你已发了血誓：你相信，不结婚，会更快乐。"

浮士德博士坚持要找妻子，这时一个丑陋的魔鬼出现，主动提议做他的新娘。在这个丑陋的魔鬼消失之后，靡菲斯特再次出现，他对浮士德博士说："不要考验我们，你要言出必行，信守承诺。"[13]这个场景的意义在戏剧中是清晰的，我们知道，浮士德的第一次要求遭到拒绝。戏剧的原材料给出了拒绝的全部含义，但在马洛笔下这些含义可能已剔除，用来包含更多的暗

106

示：婚姻和"美姜"不相容。浮士德没有用奴役换取到自由；他只是用一种奴役换取到另一种奴役。婚姻属于他弃绝的人世。他不能得到想要的一切，因为一些欲望的满足，意味着另一些欲望的受挫。

他对知识的追求很快也是同样的遭遇。浮士德与靡菲斯特争论"占星术"。他得到了答案，可他不满意；他早就知道这些答案。他继续问了一个更大的问题：

浮士德：嗯，我知道了。你现在告诉我，谁创造了世界？

靡菲斯特：我不告诉你。

浮士德：亲爱的靡菲斯特，请你告诉我。

靡菲斯特：你动摇不了我，浮士德。

浮士德：你这个魔鬼，难道我没有要求你告诉我一切吗？

靡菲斯特：我这样做，并不与我的王国背离。你这该死的；还是想想地狱吧！

有些知识，如同有些经验，是浮士德博士绝不能碰的。他逃脱不了选择的必然性。这是他选择要走到底的

路。马洛想尽办法,借助两个天使,确保我们看到浮士德仍然是一个人,还有悔罪的机会,只要他

乞求宽恕,不要绝望。

Call for mercy, and avoid despair.

但浮士德博士坚持一路走到黑。他获得的回报是想象的愉悦,甜蜜而恐怖的幻想(高潮是看见了海伦)[14],以及行使靡菲斯特给他的权力,因为那些恶作剧与其说是对马洛意图的改变,不如说是对马洛意图的贬损。浮士德用知识和幸福换取了泡影,用奴役换取了权力。

在这个用戏剧形式表现的故事中,罪孽的主题对于马洛来说是明显的。莎士比亚将这种主题融进麦克白的故事,或者说他改变原始素材,引出了浮士德神话中包含的同样根本的观念。麦克白的故事完全围绕人物及其关系展开。麦克白犯下的罪,是对同胞和社会犯下的罪。这为莎士比亚提供了马洛发现难以建构的东西,即一个合适的中场。但是即便如此,《麦克白》还是迄今为止篇幅最小的伟大悲剧(哪怕它有迄今为止

107

最长的评注);其中的次要人物也正如布拉德利所言是毫无生趣。我们的兴趣几乎完全集中于麦克白及其夫人。

如前指出,莎士比亚笔下的麦克白犯下的罪,省略了原始素材中提供的那些理由。根据霍林谢德纪事,完全可以创作出一部不同的戏。莎士比亚可能写一个勇敢的能人的悲剧:这个能人对于虐政失去了耐心,他为了所谓美好的意图,选择邪恶的手段,谋害了一个懦弱无能的国王,结果自己也变成死鬼。莎士比亚还从另一个故事中汲取了关于谋杀的细节。这个故事也有理性的动机:国王达夫以野蛮手段处决了唐纳德的亲人,所以唐纳德谋杀了国王达夫报仇雪恨。但是,莎士比亚笔下的邓肯是清白的国王。他给了麦克白一切荣耀。谋杀邓肯的麦克白完全知道这是邪恶的事情,完全知道这是愚蠢的事情。在他夫人的判断压倒他的判断之前,麦克白知道,无论来生是否有终极审判,有些罪是天怒人怨,此生就逃不脱报应。麦克白为我们分析了他行为的本质:它践踏了血缘和忠诚,践踏了作为社会根基的人际信任,践踏了原始神圣的宾至如归习俗,践踏了美德和纯真应得的尊重。麦克白知道,他的行为是非人的，这"与一个人不相符"。麦克白夫人也知道这点：她知道这违反了她的妇性；她必须"失去性别"，变成一个恶魔。

正如《浮士德博士》的结尾，《麦克白》的结尾显示同样浓厚反讽的正义。麦克白和他夫人从自然本性中驱逐了怜悯和悔恨，他们发现面对的是一个不会怜悯他们的世界。在最后一幕，所有人提到麦克白时都充满了冷漠和仇恨。他是"死去的屠夫"，他没有机会在临死前为洗刷罪名申辩。与《奥赛罗》不同，《麦克白》的结尾没有恢复主人公出场时的原形。就在年轻的西华德阵亡前，莎士比亚把我们引向了麦克白山穷水尽的恐惧。正如我们在开场和结尾的书房中看到了浮士德博士，同样，我们在开场和结尾的战场上看到了麦克白。阵亡是西华德应有的退场方式，他是"上帝的兵士"；麦克白"用尽了最后的力量"，但正如他知道，他"没有一个名字"。在戏剧结尾，他只是一头垂死挣扎的野兽。麦克道夫对他吼道，"转过来，地狱里的恶狗，转过来"。麦克白形容自己是落网的熊。他的首级装在匣中，就像一个魔鬼的头。麦克白抛弃了感情，最后发现自己没有感觉。他抛弃了"美誉"，得到了诅咒。

108

他违背了好客的习俗和友谊的律令，发现自己成了真正的孤家寡人。

正如莎士比亚不断抹黑麦克白的结局，同样他拒绝让麦克白在人间得到任何满足。他故意隐去霍林谢德纪事中麦克白的十年善政。麦克白加冕之后，我们听到他私下说的第一句话是："单单做到了这一步还不算什么。"在作为戏剧中心的第三幕，我们看到一个鲜活的视觉意象：头戴王冠的麦克白并没有坐在王公大臣之间；已遭谋杀的班柯仍然坐在国王的位置。与浮士德博士一样，麦克白渴望互不相容的东西：为了实现野心，他想要摆脱道德和法律的约束；与此同时，他也想要安全，想要"尊严、敬爱、服从和一大群的朋友"。但只有服从法律才能带来安全。在戏剧的结尾，他最终意识到，他所期盼的"尊严、敬爱、服从和一大群的朋友"，他是"没有希望再得到了"。

无论是《浮士德博士》，还是《麦克白》，震惊我们想象力的，是主人公受难的景观。唯一的区别是，《浮士德博士》只是时断时续地探索主人公自然本性的分裂，而在《麦克白》中这种探索贯穿全程。麦克白没有失去对于自己的恐惧，这种恐惧迫使他凝视那双似乎不属于自己的"刽子手的手"。他做的一切都是对自己本性的背叛，他一直都是这种感觉。隐含于阿奎那的那句话里的恐惧，在这里鲜活地呈现于我们的想象："遗憾的是，即使他们自然本性倾向于善，他们也并非就具备了或者可能具备了德行。"

乍一看，《变节者》似乎是一部完全不同于《浮士德博士》和《麦克白》的戏剧，尽管贝阿特丽丝-乔安娜有时堪比麦克白夫人，因为她煽动谋杀时，也显示了想象力的匮乏。那种笼罩着《麦克白》、对《浮士德博士》亦必不可少的超自然氛围，在这部戏里变成了敷衍地承认，大众喜欢听冤魂故事。贝阿特丽丝-乔安娜做出了她的选择，因为迷恋阿尔塞莫罗，她教唆犯罪，没有"请求神灵"干扰她的判断。尽管这的确是真的，但米德尔顿还是通过神奇地创造了德弗洛雷斯而获得超自然的效果。[15]

米德尔顿对原材料的改写是很明显的。《变节者》里印象最深刻的场景都是他的创意。雷诺兹原来讲的故事平淡乏味、没有什么意义，其梗概如下：

故事开始（这与戏剧开场相同），贝阿特丽丝-

乔安娜做弥撒时偶遇阿尔塞莫罗。那时,她的父亲正怂恿她嫁给阿隆·皮拉克。但她不喜欢皮拉克。她立刻迷上了阿尔塞莫罗。不久,贝阿特丽丝-乔安娜移居乡下,开始与阿尔塞莫罗暗中通信。阿尔塞莫罗最后去密会她,得到贝阿特丽丝-乔安娜侍女戴凡塔的接待。贝阿特丽丝-乔安娜告诉阿尔塞莫罗,"除非皮拉克去了另一个世界,否则别指望娶到她"。阿尔塞莫罗提出要与皮拉克决斗。贝阿特丽丝-乔安娜让他发誓别插手,说会劝父亲改变主意。有人将这次约会向她父亲告密,贝阿特丽丝-乔安娜意识到父亲铁了心,定要她嫁给皮拉克。"她反复思量,想了许多血腥的计划。一个想追随魔鬼的人,魔鬼绝不会抛下她。魔鬼就为她献了一个毒计。有一个年轻的勇敢绅士,名叫安东尼·德弗洛雷斯,是她父亲手下的城堡守卫,她知道对方暗恋她,于是就去求他。"

贝阿特丽丝-乔安娜派人找来德弗洛雷斯,"说完甜言蜜语之后,就把自己的想法和盘托出,还许了不少愿"。德弗洛雷斯"中了她的美人计,一口应承。他们商量了一阵,想出了干掉皮拉克的办法"。正如在戏剧中一样,故事里面也有谋杀,不同的是,德弗洛雷斯没有留下皮拉克的一根手指为证。不久,德弗洛雷斯告诉贝阿特丽丝-乔安娜,他已办完了事。"她听了之后,欣喜万分,不断亲吻他,表示感激不尽。"

皮拉克从人间蒸发,人们只是当作一件怪事接 受。贝阿特丽丝-乔安娜对阿尔塞莫罗暗示皮拉克死了,"为了掩盖罪过,她故意装出伤心流泪的样子,免得阿尔塞莫罗起疑,与她有些干系"。她的父亲不再反对她与阿尔塞莫罗交往。"这一对情人心花怒放地结成了连理。"

然而,他们的幸福婚姻只持续了三个月。阿尔塞莫罗突然起了嫉妒心,开始限制贝阿特丽丝-乔安娜的自由。贝阿特丽丝-乔安娜向父亲抱怨自己的遭遇,他父亲就去规劝阿尔塞莫罗,却没有起到任何效果。阿尔塞莫罗把她送到乡下。她的父亲派德弗洛雷斯送信给她。德弗洛雷斯"向她问候,给她甜蜜的亲吻和深情的拥抱,说了不少情话"。贝阿特丽丝-乔安娜叫德弗洛雷斯经常来看她,她甘心做他的情人。戴凡塔把他们的私情告诉了阿尔塞莫罗，阿尔塞莫罗指责贝阿特丽丝－乔安娜不忠。她"为了掩饰自己不守妇道，又想到了借刀杀人之计"。她告诉阿尔塞莫罗，她必须对德弗洛雷斯客气，因为他为她除掉了皮拉克。阿尔塞莫罗听她说了实情，就没有再多心，只是要她不再与德弗洛雷斯来往；但她继续与德弗洛雷斯私通，结果阿尔塞莫罗当场捉奸，把她和奸夫一起杀掉。由于戴凡塔为主妇的奸情属实作证，阿尔塞莫罗被无罪释放。但故事作者认为他掩盖了皮拉克的谋杀案，所以是有罪的，也为他安排了应有的惩罚。皮拉克的弟弟托马索向他提出了决斗；在决斗中，阿尔塞莫罗设计杀死了对方。阿尔塞莫罗陷身牢狱，在吐露了整件事情的来龙去脉之后被处决。[16]

米德尔顿改编成的戏剧《变节者》，其力量在于原材料中缺少的某种东西：贝阿特丽丝－乔安娜和德弗洛雷斯在戏剧开始时的完全对立和在结尾时的完全同一。贝阿特丽丝－乔安娜是年轻美丽的处子，出身富贵人家；德弗洛雷斯不是"年轻的勇敢绅士"，而是一个受鄙视的仆人，"一个阴险丑陋的年轻人"，一个常见于詹姆斯一世时代悲剧中的潦倒军人，表情上就写满了生活的放荡。人们经常不无道理地赞扬米德尔顿，因为他笔下的人物有浓厚的现实感，特别是贝阿特丽丝-乔安娜和德弗洛雷斯。但在《变节者》里不仅有现实主义。德弗洛雷斯之于贝阿特丽丝-乔安娜，正如靡菲斯特之于浮士德博士，"乞灵鬼神"和恐怖谋杀之于麦克白。德弗洛雷斯本就令人讨厌，贝阿特丽丝-乔安娜出于强大的本性就讨厌他。当她接受自己本性最讨厌的人作为她意志的工具时，她也犯了违背本性之罪。杀人这个事件通过德弗洛雷斯进入她的念头，因为她认为他是合适的工具。当阿尔塞莫罗提议去决斗时，贝111阿特丽丝-乔安娜感到很害怕。她怕阿尔塞莫罗可能去送死，或者怕法律干预，把他抓起来。她的直觉告诉自己，阿尔塞莫罗是无辜的，所以她想起另一个不是无辜的人：

> 罪恶的鲜血变成了肮脏的面孔；——
> 我想起了一个人；我会受谴责，
> 我用轻蔑破坏了一场好的买卖。[17]

Blood-guiltiness becomes a fouler visage; —
And now I think on one; I was to blame,
I ha' marr'd so good a market with my scorn.

　　有论者说，贝阿特丽丝-乔安娜没有道德感，她不负责任，只是在戏剧结尾才产生了责任感。某种意义上这是对的。但更合理的说法可能是，正由于破坏了根本的道德本能，她才产生了深刻的道德意识：她的本能告诉自己，德弗洛雷斯是她的反面。

　　米德尔顿对《变节者》的核心一幕的处理同样惊人。在《麦克白》的第三幕，我们看见那一场宴会中有一个空洞王位的具体意象；在《变节者》的第三幕，我们看到的是有名无实的婚姻。在新婚之夜，贝阿特丽丝-乔安娜必须派她的侍女代入洞房；我们看见她在洞房门外，满怀嫉妒，焦躁不安。她也献出了"永恒的宝石"，却什么都没有得到。正如霍林谢德纪事中的十年良治善政在戏剧《麦克白》中一笔勾销，原来故事中三个月的幸福婚姻在改编成的《变节者》中同样消失。贝阿特丽丝-乔安娜说起自己的婚姻，或许正如麦克白说起自己的王位："单单做到了这一步还不算什么。"她利用德弗洛雷斯，是为了得到阿尔塞莫罗。结果，她失去了阿尔塞莫罗，得到的却是德弗洛雷斯。她变成了"这件事的造物"。最终，她认识到她与德弗洛雷斯的关系，认识到自己变成了什么样子，看清了自己遭到玷污和正在玷污他人。与继续确认交易的浮士德一样，与不断杀人的麦克白一样，她也陷入了起始行为的循环；为了安全，她必须再次利用德弗洛雷斯；对于她来说，德弗洛雷斯变成了"一个神奇而必要的男人"。当德弗洛雷斯准备杀掉戴凡塔时，她说，"这是一个值得爱的男人"。

同样意识到其主题的涵义，米德尔顿把阿尔塞莫罗塑造得十分清白，没有参与任何共谋。贝阿特丽丝-乔安娜和德弗洛雷斯在《变节者》中的重要地位，正如《麦克白》中的麦克白夫妇，《浮士德博士》中的浮士德和靡菲斯特。阿尔塞莫罗的作用不在于引起我们对他的兴趣，而是成为一个尺度，用以衡量贝阿特丽丝-乔安娜的转变。他会是她获得的奖赏，在某种反讽的意义上，他的确是这样。当他惊恐地看着她，大叫道，"啊，你完全变了样！"她最后一次做了绝望的努力，撒

谎说:"记住,我忠实于你的床榻。"对此,阿尔塞莫罗回答道:

> 床是藏尸所,席是裹尸布,
> 裹住一具被杀害的尸体。

> The bed itself's a charnel, the sheets shrouds
> For murder'd carcasses.

最后她讲出了真相,戏剧蕴含的真理出场:

贝阿特丽丝-乔安娜:阿尔塞莫罗,我是你床上的陌路人;你在新婚之夜就已上当;你那个假娘子已死去。

德弗洛雷斯:是的,我和你只是片刻夫妻:我们现在都在地狱。

阿尔塞莫罗:我们全都在地狱,地狱把我们包围。[18]

我并非暗示,《浮士德博士》《麦克白》《变节者》有直接的影响关系；我也并非暗示，弥尔顿塑造他的撒旦时，他想到了浮士德博士、麦克白和贝阿特丽丝。我想暗示的是，撒旦属于这些伟大的悲剧人物之列。如果我们问，在弥尔顿之前的英国文学中，罪孽的观念在什么地方得到严肃而强烈的表现，我们只能回答说是在悲剧舞台。撒旦当然只是一个史诗人物，他绝不是《失乐园》的主人公。但他有着英雄人物的大度和能量。弥尔顿用戏剧化的焦点和强烈氛围来塑造撒旦。从一开始，撒旦就参加了惊天动地的英雄事业，不断参与戏剧冲突的时刻：他唤起垂头丧气的堕落天使；他等待大辩论的良机；他面对"罪"、"死"和"混沌"；他针锋相对地嘲讽纯洁天使。但最引人注目的是，弥尔顿采取了伊丽莎白时代伟大剧作家们塑造悲剧英雄的手法，将撒旦带给我们的心灵和想象，那就是独白。弥尔顿给了来到伊甸园里的撒旦至少五次大段的独白，其中三 113 次在第四卷，两次在第九卷。[19]在这些大段的独白中，撒旦向我们展示了"一直在他心中燃烧的火狱"，他一再唤醒

过去的惨痛回忆，现在的

愁苦和未来更难堪的情境。（Ⅳ.25–26）

the bitter memorie
Of what he was, what is, and what must be
Worse.

正是在这些独白中，撒旦彰显了一个悲剧人物的品质，也就是 C. S. 路易斯先生对他最不满的品质：自我中心主义。

路易斯认为，"撒旦对于自我和他所谓对错的偏执，是其困境的必要前提"。这句批评同样适于莎士比亚笔下那些伟大的悲剧英雄，他们无情地揭露自我处境的恐怖，成全了戏剧主人公的位置。[20]克劳狄乌斯的困境比哈姆雷特的更严重，但莎士比亚对他的困境不关心；马尔科姆是可怕罪行的正当复仇者，我们理所当然对他抱以同情。哈姆雷特的声音迷住了我们，他告诉了我们他的"噩梦"；麦克白的声音迷住了我们，他告诉了我们他的孤独。如果我们批评无论撒旦走到哪里，看见什么，他只发现对自己感兴趣，对别的都不感兴趣，如果我们将他不公平地拿来与亚当相比，后者能够谈论诸如星象等一般性的话题,那么我们应该怎么看待李尔,他在酣畅淋漓的暴雨中或者一丝不挂的可怜乞丐身上,只发现新的刺激,谈论女儿们的忘恩负义？如果我们可以批评撒旦的一席话"没有引起捧腹大笑,因为它表现了痛苦",我们同样可以批评麦克白在毁灭性的自我中心主义的人生尽头哀叹没有一个朋友,或者批评贝阿特丽丝-乔安娜这样"一个沾满了血的女人"却在谈论节制。撒旦是自我中心主义者,是喜剧人物,正如哈姆雷特、麦克白、奥赛罗和李尔是自我中心主义者,是喜剧人物。"啊,骗子！啊,笨蛋！"艾米莉亚对奥赛罗说。我们并不因为认同这句话,就会对他少一些怜悯。

《失乐园》的批评问题在我看来就在这里。我们关心撒旦的方式,完全不同于我们关心亚当和夏娃的方式。在路易斯的批评中,这是十分明显的。他使尽浑身解数,要我们认同撒旦是一个可鄙的人,将之当"孩子、影星、政客或小诗人"来谈论；但他以同样的手段,让我们意识到不必如此看待亚当。如果说他正确地——正如我认为他正确——在我们对这两个人物的态度之间强加了一个区别,那么他给《失乐园》的读者带来了一个严重的问题，似乎是批评弥尔顿在艺术上失败，混淆了人物类型。

我认为应以完全不同的方式来表述这种区别。亚当和夏娃是表征性的人物，他们的行为是巨大的象征行为。摘苹果本身不是强大的想象行为；这种行为对我们产生力量，来自其本身的微不足道；其意义和后果远大于伸手摘苹果的意象。夏娃的诱惑和堕落从精神分析来说是深刻的，但它缺乏戏剧性场景的震撼。正如路易斯所说，"整件事情如此迅速，每个新的因素——愚昧、恶意和败坏——如此自然地进入，以至于难以意识到，我们一直在注视谋杀的产生。我们期待某些更像麦克白夫人所说的'让我失去性别'的东西"。换言之，这个场景没有从戏剧的角度充分挖掘和停留。亚当和夏娃之间的场景很有人情味，但缺乏悲剧的恐惧，缺乏悲剧的极度夸张。争吵只是逼真和伤感，但它不会像奥赛罗打苔丝德蒙娜的场面那样吓住我们。在第九卷和接下来的几卷，弥尔顿带着洞见、人性、谦卑追寻了亚当和夏娃从"犯罪"到"悔罪"的历程。这个历程稳定而有序；他们的话语完全满足和契合这个场景，但并不惊人。但撒旦对上帝的挑战，没有用任何象征姿态来表达;在他的背叛中,行为和意义是合一的。在前面几卷中,事实上只要是撒旦出现的地方,他的话语超越了必要的叙事,因为弥尔顿是作为一个悲剧艺术家在写作,沉迷于对特定经验的想象,他以最大的激情来探索这种经验。这种经验或许可以称为"受到排斥"的经验。无论走到哪里,看到什么,撒旦永远意识到这一点。他感受到的排斥,其实是自找的,正如浮士德博士、麦克白和贝阿特丽丝-乔安娜感受到的排斥。与这些人一样,撒旦也注视着一个他不能进入的天堂;与他们一样,他最后完全扭曲变形;与他们一样,他也和所有固执而客观的悲剧人物驻留在我们的记忆中。

如果我们可以接受,弥尔顿构思和呈现给我们的撒旦是一个悲剧人物,那么,浪漫派诗人对《失乐园》的误解,除了不喜欢弥尔顿的神学之外,可能还有另一个原因。十九世纪初期似乎特别关心悲剧经验;那个时期的伟大诗人想要为"人类痛苦而强大的心灵代言"。他们都想写悲剧。但是,除了雪莱的《钦契的一家》可能是例外,他们没有创作出任何堪称完全是悲剧的作品。这个时期另一个著名的特征是深刻玄妙的莎学批评,但对于这种批评,在其讨论人物的心理中失去了戏剧的意义，往往严重弱化了悲剧主人公身上那种正是使之成为悲剧但哀而不伤的东西，也就是严重忽视了他们身上的恶。在这个时期的批评中，哈姆雷特是"甜蜜的王子"，李尔是"被动而非主动的罪人"。哈姆雷特的野蛮行径和李尔的骇人愤怒遭到忽视。兰姆放弃戏剧，因为他不能忍受《李尔王》的残酷喜剧，不能忍受看到苔丝德蒙娜躺在奥赛罗的怀抱。浪漫主义批评家重塑了悲剧主人公，他们把悲剧主人公从剧情中剥离出来，完全成为他们心灵中的强烈想象之物。悲剧的本质是强迫我们去看通常不会去看的东西，不是为我们准备的东西。[21]浪漫主义时期写不出悲剧，欣赏不了悲剧，源于同样的原因：浪漫主义诗人沉溺于自我，缺乏屈从于"神秘之物"的能力。济慈定义莎士比亚的特征为"消极感受力"，他那一段名言中，指向了问题的根源。但"消极感受力"不但对悲剧创作者必要，对于悲剧的观众和批评家一样必要。我们若与悲剧主人公认同，也就破坏了悲剧。正如浪漫主义的批评家往往将莎士比亚笔下的悲剧主人公作为更加值得崇拜、更加温柔、更加纯粹可悲的人物，同样，他们觉得撒旦与悲剧主人公有亲缘关系，因此，他们同情他，要他服从他们狭隘的悲剧观。因为撒旦要得到怜悯，所以他们就淡化了撒旦身上的恶，构想出他受到的冤屈，来解释他的恶，为他的恶开脱。[22]

今日也不是伟大悲剧创作的时代，尽管有迹象表明悲剧精神在复兴。今日最好的诗歌是象征主义诗歌，今日的批评为我们复兴了中世纪的讽喻传统，倾向于对一切艺术进行讽喻阐释。路易斯在揭示雪莱的误解时，搞反了浪漫主义的态度，他论撒旦的那一章，结果是使我们觉得，因为撒旦是邪恶的，无缘无故地邪恶，所以他不值得怜悯，只会遭到仇恨和鄙视。雪莱在撒旦身上看到不可磨灭的反抗精神，反抗不公和暴政，尽管他对撒旦性格中的"污点"感到遗憾，但依然原谅了它们。路易斯对自我和人性的看法比雪莱更严厉，他不遗余力地揭批撒旦，其批判的精力和热情，好比"欧洲服务之声"电台揭批戈培尔的谎言和希特勒的承诺。无论是雪莱的深切同情，还是路易斯的激烈批判，都源于同样根本的态度："我们是撒旦"。正如经常言人人殊，这只是同一观点的不同表述；也就是说，它被扭曲了悲剧正常作用的自我中心主义感染。当我们沉思撒旦这个失落的大天使时，我们不会想到自我以英

117

雄的姿态挑战专制者，也不会想到我们最终下地狱的机会，正如我们观看李尔的人生进程时，我们只会想到，我们对其他人做了那么多好事，他们怎么对我们那么忘恩负义，或者下次行善前，是否需要三思。尽管雪莱和路易斯站在不同的立场，但他们都同意要选择立场。两人都不接受，撒旦唤起的是我们复杂的情感。

悲剧是我们带着惊讶和怜悯沉思的外在对象。亚里士多德最先提出这种反常的悲剧理论，他说，我们感到恐惧，是恐惧同样的命运可能落在自身。亚里士多德是哲人，是伦理学家，与后来许多的哲人或伦理学家一样，他希望把悲剧放在一个安全有用的位置。但悲剧存在的目的，不是为我们提供可怕的警告。乔伊斯笔下的史蒂芬·代达拉斯（Stephen Dedalus）扩展了亚里士多德对于悲剧的晦涩定义，他认为"怜悯"是"这样一种俘虏我们心灵的感情，无论面对什么严酷恒有的痛苦，都能让我们的心灵与受难者相连在一起。恐惧是这样一种俘获我们心灵的情感，无论面对什么严酷恒有的痛苦，都能让我们的心灵与秘密的原因相连在一起"。[23] 我们接受导致悲剧主人公覆灭的那种正义。事实上，如果不是因为这种正义，我们对他也就没有怜恼。接受正义，才可能有怜悯；怜悯要求以正义为前提，没有正义，怜悯会转化为仇恨。但是，产生悲剧的 原因必须是秘密的；我们只能在曝光的事实中感觉到这个秘密的原因；在悲剧世界里，什么东西值得仇恨，这是永恒法争议的东西。

　　一位批评家，无论是声援悲剧主人公，还是赞成永恒法，都会破坏悲剧的统一性。正如其他人的受难，悲剧"俘虏我们心灵"，但我们自己的受难不会"俘获我们心灵"。生活中，这种心灵的俘虏是暂时的，因为我们卷入了必要的戏剧行动。作为悲剧的观众，我们从永恒的负担中解脱出来，不必问自己该怎么办。把悲剧作为伦理榜样或伦理警告，摧毁了悲剧的这种荣耀，摧毁了它具有的这种力量，通过诱发我们的大度和敬畏，超脱自我。华兹华斯是最没有悲剧感的伟大诗人，他洞见了悲剧的部分本质，他写道：

　　　　苦难悠悠，朦胧中，暗地里，
　　　　原是无穷尽。（朱纯深 译）

Suffering is permanent, obscure and dark,

And shares the nature of infinity.

悲剧可能带给我们一个错误的"无穷尽",但它有那种本质。那是一种永恒的品质,"如同时间一样永恒"。如同艾略特笔下《干塞尔维其斯》中的岩石:

> 波浪冲过岩石,浓雾遮去岩石;
> 风和日丽时,岩石只是一座纪念碑,
> 在可以航行的天气里,它一直是个坐标,
> 给人指出航程,但在阴暗的季节
> 或突来的暴风雨中,就是它曾经的面目。

(裘小龙 译)

Waves wash over it, fogs conceal it;
On a halcyon day it is merely a monument,
In navigable weather it is always a seamark
To lay a sudden course by: but in the sombre season
Or the sudden fury, is what it always was.

撒旦这个人物有着这种永恒不灭的意义。如果说他不是雪莱想象中的叛逆英雄,他也不是"'受伤的价值感'

实际体现于人物身上的完美画面"。

倘若路易斯的观点看起来像是雪莱的观点的倒置,威廉斯的观点与布莱克的观点就很像。布莱克在《失乐园》中看见典型的两重性,这或许是以史诗形式处理神话的必然结果。这个题材固有的许多困难之一,是不知道多少内容包含在戏剧的直接行动中,多少内容放进情节关系里。弥尔顿不可能把他拟写的悲剧《失去乐园的亚当》的开头作为《失乐园》的开头,也就是一开始就写乐园;这个直接的戏剧行为不足以填充史诗。即便如现在的样子,《失乐园》的情节关系还是超重。史诗传统不准他从上帝赞赏神子开头。或许,在他下决心放弃最初用悲剧形式来写这个题材时,随之而来必然的决定就是以撒旦从燃烧的火湖中抬起头的时刻开始。但以撒旦从火湖抬头和"地狱议事"开篇,其效果将使《失乐园》的戏剧行动看起来源于地狱,使得天国的行动似乎只是地狱能量召唤出来的回应。无论弥尔顿多么否认后一点,强调上帝压倒一切的意志,《失乐园》的结构和布局与他的意图相抵触。在地狱的沉默和天堂的沉默之间,这种经常受到赞扬的平行加深了两重性的感觉,因为对立与平等,撒旦和神子似乎相互制衡，正如布莱克如此看待他们。然而，地狱场景的优先书写，似乎是使天堂模仿地狱，而非地狱模仿天堂。威廉斯认为，"神子是爱的意象，撒旦是宣称个人独立的意象"。这很像布莱克的观点，"正是这些对立，从中生出了宗教所谓的善恶"。这至少暗示，弥尔顿在《失乐园》的谋篇布局中把撒旦看得很重要。

或许《失乐园》带给批评家的这个问题，源于弥尔顿自己改变了主意，他将以何种形式来写这部杰作。他最初选择了适合悲剧的人类堕落的题材。我们知道，他不仅仅计划以悲剧形式处理他的素材，而且实际上开始了写作。他的草稿《失去乐园的亚当》为撒旦提供了两次独白：第一次是他"自怨自艾"，"想报复人类"；第二次是他显身"讲述导致人之毁灭的所为"。因此，第一次独白主要是解释性的、说明性的。第二次独白中，撒旦将要行使古典戏剧中信使的职责，叙述灾难。古典悲剧要求聚焦，不准撒旦一直占据读者的兴趣；他的困境，无论他多么"自怨自艾"，应该是次要的，必须服从于整体布局。弥尔顿为什么改变了主意，置换掉悲剧形式，我们不清楚。在选择以史诗形式来处理这个特别的题材时，他自找了一个特别难的问题。

他不得不填充庞大的史诗结构,除了加大撒旦的角色成分,难以想见他还能以别的方式达到目的。但是,他背离悲剧形式,这是可能的,因为他的兴趣是从戏剧行为的真正中心——人类堕落——散发出来,他的想象要求史诗的更大自由。他的外甥爱德华·菲利普斯记得看见过撒旦第一次独白的开头几行,作为部分弥尔顿拟写的悲剧的一部分,可以肯定,这暗示了弥尔顿对撒旦的看法很早就形成,有可能,弥尔顿从写作撒旦的第一次独白中就清楚,悲剧形式不允许他完全按照己愿推进他对撒旦的看法。但是,以地狱中的撒旦开始《失乐园》,这个决定无论只是扩充撒旦的行为使之足以配合一部史诗的必然结果,还是弥尔顿对撒旦的兴趣引导他放弃悲剧改写史诗,因此自然地以撒旦开头,不管如何,撒旦这个人物最初是按照戏剧中的角色来构思,从头到尾始终是戏剧性地演变,弥尔顿在他身上投入了许多创作精力和全部想象力,挖掘这一个史诗人物身上的反常。在这里,正如在别的许多地方,可以宽泛地称弥尔顿为伊丽莎白时代的人,他牺牲了简单的效果和布局的力量,为的是发挥想象力的机会;这样做,弥尔顿创造了我们文学中最后一个伟大的悲剧人物,尽管摧毁了他史诗的连续性。布莱克在《失乐园》思想中发现的两重性,威廉斯在《失乐园》结构中发现的两重性,这种两重性肯定在《失乐园》风格中也具有。怜悯和恐惧这两种强烈感情,不会与我们对于路易斯所谓的"二流史诗"主人公感到的兴趣、同情和"崇拜"相搅合。可能除了海兹利特,还没有重要的批评家充分意识到撒旦和亚当作为艺术形象的成功之处。《失乐园》的题材要求有一条"地狱的蛇",然而弥尔顿却给了我们"一个失落的大天使"。如果撒旦只是一个伊阿古式的人物,弥尔顿就丝毫没有困难;困难之所以出现,因为撒旦是一个麦克白式的人物。[24]

注释

[1] 本文初次发表于《英语研究 1948》(*English Studies 1948*)。这是《论文与研究》丛刊在一九四八年出版的最新一卷。

[2] 参见《弥尔顿英诗》,查尔斯·威廉斯(Charles Williams)序(World's Classics);C. S. 路易斯,《〈失乐园〉序》。

[3]《八十篇布道词》(*LXXX Sermons*, 1640),页 9。近来,出于另一个目的,我重读了多恩的《布道词》,令我印象深

刻的是，多恩经常提供某个神学家或道德学家对他同时代人的悲剧作品的评论。

［4］同上，页66。

［5］圣托马斯·阿奎那（*S. T.*），《补集》（Supplement），Q. XVI，Art. 3。

［6］此处的"精灵"正如在该剧其他地方一样，都是指邪恶的精灵或魔鬼。

［7］关于浮士德博士的台词，都引自 F. S. 博亚斯博士的版本（1932）。如果我们像博亚斯博士一样，接受 H. T. 贝克先生（《现代语言札记》〔*Modern Language Notes*〕，第 xxi 卷，页 86-87）的建议，将第五幕第一场（页 161）中那个老人的一段话的结尾转到浮士德博士名下，那么，就会模糊作者向我们呈现的这一点：浮士德博士无法真正悔罪，尽管他与其他魔鬼一样，知道悔罪始于恐惧，他"相信悔罪，并为之战栗"。在那最感人的一场，那个老人最后一次呼吁浮士德博士一定要记住他的人性："你现在像一个人一样犯下罪，／切勿像一个魔鬼一样泥足于罪；／你还有一颗良善的灵魂，／只要你的罪不要习惯成自然。"

［8］关于浮士德博士的"全能"、麦克白的"王权"和贝阿特丽丝-乔安娜的"婚姻"，多恩给我们提供了一个评论。他说："为了一点蝇头小利，我们就为撒旦卖命；为了提防有人夸

耀自欺,说,我领到了蝇头小利,我眼前就有回报,此生就有幸福,即使有惩罚,那也是来世的事情,耶稣的使徒摧毁了这样的迷梦,正如《罗马书》(6.21)中提的这个问题,'你们现今所看为羞耻的事,当日有什么果子呢?'可以肯定,罪,不会让你有任何真正的收获……竹篮打水于前,羞耻丢人于后。"(《八十篇布道词》,页65)

[9] 值得注意的是,浮士德博士没有说完这句出自《约翰一书》(1.8-9)的话:"我们若说自己无罪,便是自欺,真理不在我们心里了;我们若认自己的罪,神是信实的,是公义的,必要赦免我们的罪,洗涤我们一切的不义。"

[10] 在这部戏剧中,"despair"这个字眼及其衍生的语词"desperate"共出现十三次。参见 I. 3. 91; II. 1. 4 and 5; II. 2. 25 and 31; IV. 5a. 31; V. 1. 64,68,72, and 79; V. 2. 11,92, and 101。

在纳撒尼尔·伍兹的《良知的冲突》(Hazlitt-Dodsley, 1581,第 vi 卷)中,我们可以看到,过去表现错误选择、惩罚、悔罪和宽恕的道德剧,逐渐演变为伊丽莎白时代关于罪孽和报应的悲剧。《良知的冲突》最后一幕的全部冲突,建立在主人公的绝望和他的友人力劝他相信依然可以获得上帝的宽恕之间。即便谈不上成功,我们依然赞赏纳撒尼尔·伍兹,这位来自诺维奇的牧师竭力将因果报应的信仰观念用一行十四个音节的诗体表现出来。尽管这部戏剧质量不高,他却以有趣的方式展现了十六七世纪关于自由意志的伟大争论，用戏剧的形式加以呈现。在《良知的冲突》最后一刻，信仰获胜，传统道德的幸福结局得以保留。（撰写此文时，我没有注意到，这部戏剧有两个版本。在第一个版本中，结尾如同现实生活一样，主人公弗朗西斯·斯皮拉〔Francis Spira〕自杀身亡。第二个版本中，作者的名字没有出现在扉页上，悲剧的结尾改成了大团圆的喜剧结尾。参见 the Malone Society 再版。）《浮士德博士》尽管形式上保留了许多传统道德剧的特征，但最终占据上风的是绝望。如果我们更多的是按照"天意、预知、意志、命运，／宿命、自由意志和绝对的预知"来思考，而不是按照"致命的缺点"和"错误的判断"来思考，或许能够更好理解莎士比亚及其同时代人的悲剧。

［11］《八十篇布道词》，页349。

［12］"历来最大的罪，即便基督的血也不能洗刷的罪，堕落天使的罪，就是我也像上帝一样。爱我们自己，满足于我们自己，认为万事皆备于我，是对上帝权威的冒犯和僭越。"（同上，页156）"上帝判决我们受地狱之火吗？不，他是判那些魔鬼和堕落的天使。但我们依然如破碎的容器，没有一片残余，不能从坑里汲水，换言之，我们自身没有办法，导流基督的血进入我们自身，也无法从我们自身挤出一滴真正悔罪的眼泪，我们深陷于这永恒的、黑暗的、原本不是为我们准备的地狱之

火：出于可鄙的贪心，我们冒失地乞援于魔鬼；出于可鄙的野心，我们篡夺神威犯下罪孽。"（《八十篇布道词》，页273）

［13］《浮士德博士》，附录一，页181-182。

［14］格雷格博士最近让我们重新看到，浮士德博士拥着海伦哭泣这一幕的恐惧和美（"她的唇吸走了我的灵魂；看我的灵魂飞向了何方！"）。他指出，海伦是一个"精灵"，在这部戏剧里，精灵就是魔鬼。"浮士德博士犯了魔罪，也就是身体上与魔鬼交流。"参见 W. W. 格雷格（W. W. Greg），《浮士德的罪孽》（"The Damnation of Faustus"），《现代语言评论》（*Modern Language Review*，1946 年 4 月），页97-107。

［15］因为作者问题并不影响我的论证，在此为了简洁，我仅以"米德尔顿"之名，指代"米德尔顿和罗利"。

［16］约翰·雷诺兹，《上帝对谋杀者的报复》（*God's Revenge against Murder*，1621），Book I，History IV，页105-146。

［17］《变节者》中引文出自《托马斯·米德尔顿作品集》（*The Works of Thomas Middleton*），A. H. 布伦（A. H. Bullen）编辑（1885-1886），第六卷。

［18］这种来自《浮士德博士》的回响绝非偶然："地狱没有边界，也没有为我们／划圈；我们所在之地就是地狱，／地狱在哪里，我们就在哪里。"

［19］尽管这些独白中有解释和预告的成分，但其总体效

果,特别是在最长的两处独白（Ⅳ. 32–113, Ⅸ. 99–178），与理查三世和伊阿古那样的坏人的独白的效果大不相同。在后一种独白中,我们意识到精神的活动和情感的萎缩;但在此,正如在哈姆雷特和麦克白的独白中,重要的不是宣示的行动,而是对主人公困境的分析。

[20] 亨利·詹姆斯在其小说《卡萨玛西玛公主》（伦敦,1921）序言中精彩地表达了这个观点:"事实上,我曾经努力发现这一点,绘画中的形象,戏剧中的人物,只有他们觉得切合自己的场景,才令人感兴趣;因为他们意识到自身面临的要表现的复杂处境,对于我们来说,这种意识构成了他们与其处境的关联。但是,存在不同程度的意识,正如我们可以说,模糊的意识、黯淡的意识、完全清醒的意识、一点点意识;当然也有那种敏锐的、强烈的、完全的意识,换言之,也就是具有优雅意识和丰富反应的力量。正是那些在后一种情形中被感动的人,从他们的经验中'获益最多',在如此做的过程中,我们这些看到他们记录的读者,或者保持专心聆听他们的参与者,也能获益最多。他们优雅的意识——正如我们可以说,哈姆雷特和李尔就具有优雅的意识——绝对成就了他们精彩的人生,最充分地赋予了他们的遭际以意义。"（页 viii）

[21] 或许可以说,相比于同时期其他的悲剧,《钦契的一家》的成功,部分原因是故事并非雪莱虚构。雪莱告诉我们,

他明显感觉到这个故事仍然在意大利引起的那种"迷信的恐怖",他对贝阿特丽丝的形象非常感兴趣。

[22] 在《解放了的普罗米修斯》的前言中,雪莱将撒旦与普罗米修斯并论,他说,普罗米修斯是"更诗意的人物",因为他"没有野心、嫉妒、复仇,不追求自大,而在《失乐园》的主人公身上,这一切都与利益相纠结"。他认为,撒旦这个人物"在我们心目中产生了一种危险的诡辩,引导我们用他的冤屈来衡量他的缺点,因为他的冤屈超过了一切尺度,所以就原谅了他的缺点"。当他为《钦契的一家》写序言时,雪莱放弃了这个观点,道德的完美使一个人物看起来诗意有趣,他承认,如果贝阿特丽丝"更聪明、更好",她不会是悲剧人物。但是,他再次提到我们用以为她之所为竭力辩护的那种"诡辩",觉得有必要为之辩护。在《为诗辩护》中,他比较了弥尔顿的上帝和他的魔鬼,雪莱认为,撒旦在道义上占上风,理由是,撒旦的处境和他的冤屈,足以为他的报复开脱,因为他那得意扬扬的对手的确可恨。在所有这三处地方,我们都可看到,雪莱认为撒旦是我们应该支持的一个人物。本性因为遭受不公而扭曲,以暴制暴,像在《钦契的一家》中那样,以严肃和真诚的方式来处理,这样的主题肯定是悲剧性的主题,尽管它轻易地滑入了拜伦式的被遗弃者的感伤和荒诞,总是有浅薄之虞。它是这样一个时代的悲剧模式,这个时代不相信原罪,认为"恶"

不是滋生于内心，而是由环境引起。

[23] 詹姆斯·乔伊斯(James Joyce)，《一个青年艺术家的肖像》(*A Portrait of the Artist as a Young Man*)，第五章。

[24] 我按照原貌重刊此文，尽管很显然，我已改变了当初写作此文的立场。我现在认为，弥尔顿谋篇布局的力量在于融合了天国主题和人类主题，《失乐园》的伟大成就在于，它既包含了撒旦这样一个"失落的大天使"的悲剧人物，也包含了亚当和夏娃这两个人类始祖；既包含了令我们想象力震惊的东西，也包含了令我们经验感触的东西；既包括了罪恶之谜，也包括了人的脆弱。

附录 B 弥尔顿《失乐园》的第一个插画家[1]

一六八八年,雅各布·汤森在涉足出版业不久,明
智地拿下《失乐园》的一半版权[2],在一长串订购者的
帮助下,他发行了这部史诗的第四版,印制之精美,足
以配得上有"英伦维吉尔"之称的弥尔顿。这个版本采
取了对开本,"配以圣经场面的插画"。迄今,这些插画
还不太受到《失乐园》研究者的关注,即便有人提及,往
往也是轻描淡写。如此冷遇是不应该的。这个版本共
有十二幅插画,其中十一幅出自约翰·浸信会·麦地
那。[3]麦地那本来就颇有才华,他可能是《失乐园》的细
心读者,背后可能还有高人指点。反正,无论是以一己
之力,还是受人指引,他在插画里对《失乐园》做了精彩
的阐释。弥尔顿去世时,麦地那才十五岁。十四年后,

附录 B 弥尔顿《失乐园》的第一个插画家   235

他完成了这些插画,因此这些插画大致可以视为弥尔顿同时代的作品。我认为,去看一个十七世纪后期的人如何解读《失乐园》,什么场面在他看来重要,他如何解决这部宏富的基督教史诗带来的问题,还是颇有一些趣味。

麦地那是西班牙人,但他一直在比利时的布鲁塞尔学艺。他师从弗朗索瓦·迪沙泰尔。一六八六年,麦地那来到伦敦,旋即北迁。从一六八八年起,他定居爱丁堡,在那里创作了大量的肖像画。他接受的是历史画训练,但很快降格成了"肖像画师"。他的作品很成功,为他赢得了"北方克内尔"之名。他为《失乐园》创作的插画是他唯一幸存的不属于肖像画的作品。根据维尔图的说法,他还为奥维德的《变形记》设计了版画,惜未雕版。[4]毫不奇怪,汤森邀请一个年轻的外国人帮忙,一起完成他出版《失乐园》的野心,使用的版式足以媲美一六五四年出版的维吉尔的精美插图本,因为在十七世纪末,英国的历史画派还不存在。[5]事实上,九年后,汤森准备出版德莱顿翻译的维吉尔作品时,他没有委托创作新的插画,而是满足于复制奥格尔比译本中的旧插画。[6]

《失乐园》第一卷插画（约翰·浸礼会·麦地那，1688）

麦地那面临的第一个问题是决定使用的方法。[7]他有两个选择。其一，他可以像阿里奥斯托作品的插画一样，使用圣经插画的传统方法，为每一卷设计一张总体图案，分为不同的场面，按照顺序从页面底端以"之"字型方式排列到页面顶端；其二，他可以像英国当时最有影响的维吉尔作品奥格尔比译本插画一样，选择一个主要场面作一幅插画，这也是现代插画的方法。麦地那似乎觉得，这两种办法都无法满足他的意图，因此他选择了折衷方案。乍一看，特别是在前几卷，他似乎采纳了第二种办法，选择心仪的主要场面，尽可能戏剧性地呈现，但是只要细观插画，我们就会看出，他还运用了各卷中的次要场面来填补背景，如此一来，主要布局完美表现出某一重要的戏剧性时刻，与此同时，各卷丰富的内容也有所传达，只不过仅见于插画背景。¹²³然而，我这样说只是对他插画风格的概述，事实上他还按照配以插画之各卷的性质，风格上有所变化。比如，他对第九卷的处理，就与对第一卷和第二卷的处理大相径庭。正是这个方面，才是麦地那的旨趣之所在。研究一下麦地那的插图布局，将再次引导我们承认弥尔顿的非凡创造力。麦地那和弥尔顿一样，是受过训练的古典艺术家,精于运用传统,对各种传统人物类型了如指掌;但他必须改变这些传统,以与弥尔顿的作品契合,而这是维吉尔作品的插画师不需要做的。维吉尔作品的奥格尔比译本中的插画迷人,浸透了文艺复兴时期的古典情怀,却只是单纯的历史画;麦地那面对的是弥尔顿笔下的天堂、地狱和乐园以及生活于其间的各色人物,必须从各种历史人物类型中汲取经验,必须根据《失乐园》各卷的性质对插图的人物类型和风格进行变化。

从一些插画中明显可见,麦地那对《失乐园》做了细读,处理手段巧妙而丰富,最好的例子就是他对插画的说明文字,这些文字也表明麦地那精于选择场面。第一卷的插画中,麦地那选择了撒旦"那硕大的身躯,从火湖中站立起来"(Ⅰ.221–2)的时刻。前景是"反激起他更大的愤怒"(Ⅰ.52)的叛逆天使的巨大身影。背景中的撒旦从火湖中站立起来,

> 两旁的火焰向后退避,
>
> 斜吐尖尖的火舌,卷成两条巨浪,
>
> 中间现出一个可怕的溪谷。(Ⅰ.222–4)

the flames

Drivn backward slope their pointing spires, & rowld

In billows, leave i' th' midst a horrid Vale.

远景左边是地狱的大殿，"约有一千个'半神'坐在黄金的椅子上密谈"。（Ⅰ.796）

第二卷的插画中，麦地那选择了撒旦在地狱门口碰到罪和死的场面，在这里他没有包含其他次要的场面。我们必须承认，这幅插画远比不上第一幅插画那么令人印象深刻。撒旦站立的那扇破门暗示了麦地那对《失乐园》这个细节的阅读不够细心，画面顶端三只奇怪的飞鸟，似乎是他发挥了奇怪的想象，严重偏离文本。"死"也不是弥尔顿想象中那种幽暗无形的恐惧，而是模式化的骷髅形象，是传统的《死亡之舞》木板书中常见的样子。"罪"在这里中规中矩地画成了"蛇形女巫"，很难说出色。她看起来像是彼得·雷利笔下的美人，从一堆怪蛇中走出来，她张开的嘴巴本是要准备平息"激烈的怒吼"，不幸的是，在这幅插画中只呈现出空洞的表达。

124

相比之下,第三卷插画表现的场面不但选得巧妙,而且插图的构思和成品都很完美。它描绘了弥尔顿将焦点从群星灿烂的诸天神灵转向与之为敌的撒旦身上:

> 他们在高天上,在群星灿烂的
>
> 诸天上面,这样歌颂、欢娱,
>
> 正过着快活的时辰,
>
> 撒旦降落在这个圆形世界
>
> 坚硬而粗糙的球面上行走,
>
> 球的表面第一层和下面光辉诸圈
>
> 分界,以防止混沌、夜后的入侵。(Ⅲ.416-22)

> Thus they in Heav'n, above the starry Sphear,
>
> Thir happie hours in joy and hymning spent,
>
> Mean while upon the firm opacous Globe
>
> Of this round World, whose first convex divides
>
> The luminous inferior Orbs, enclos'd
>
> From *Chaos* and th' inroad of Darkness old,
>
> *Satan* alighted walks.

《失乐园》第三卷插画（约翰·浸礼会·麦地那，1688）

插图上部是一个坐在云端的基督,他被天使包围,右边的天使扛着一副大十字架,斜放在基督张开的手臂和放射出的灵光之后,左边的天使拿着竖琴。撒旦独自站在圆形世界的外沿,一道光从基督身上射向他。这个构思非常惊人,在弥赛亚"甘愿舍身,为人的罪孽而死"(Ⅲ.409)之后,在这个时刻出现十字架的符号,用天堂中基督的诸天使幸福相伴和撒旦的孑然一身形成鲜明对比,显示了麦地那对这一卷意义的深刻把握。撒旦的姿态表现了"他被摈福门外的悲伤"(Ⅲ.525)。插画背景是乐园的景观;左边是一个小小的撒旦,像一个小天使,我们看见他飞向太阳中的另一个小天使;下方是魔鬼形象的撒旦,我们看见他站在一座山上,俯瞰乐园中的亚当和夏娃。我们可以原谅麦地那,让撒旦在飞向太阳的途中看见了大天使尤烈尔,因为他几乎没有其他办法表现他们在伟大的圆形世界见面。尤烈尔在撒旦初见亚当和夏娃之时出现,麦地那可能受到尤烈尔对伪装的撒旦最后一席话的启发:

> 我所指的那个地点,就是亚当的
> 住所,乐园;那高大的森林

就是他的幽居处。(Ⅲ.733-4)

That spot to which I point is Paradise,
Adams abode, those loftie shades his Bowre.

125 不知为何,麦地那没有为第四卷创作插画。这一卷的
插画出自伯纳德·伦斯。我们的第一印象是,这幅作
品相比于前面三幅,形式更古老,效果却不足。其处理
手法是由片断组合构成,但主体设计没有清晰凸显。
插画左面是"雪花石建造"的乐园东门(Ⅳ.543),加百
利和另外三个天使坐在门前,"天国的盔甲"(Ⅳ.553)
挂在身后。尤烈尔"乘着一线阳光,从黄昏的天空滑
下"(Ⅳ.555),走向他们。插画背景是亚当和夏娃在劳
作:右上面,他们被各种动物的古怪姿态逗乐,其中包
括大象,尽管它并不是真正地把"柔软的象鼻"卷成一
圈,但它似乎意识到了这一点,撒旦坐在生命树上,像
一只鸬鹚看着亚当和夏娃;中间,亚当和夏娃正抬手祈
祷,准备进入庐舍;右手角落,亚当和夏娃在庐舍里睡觉,
撒旦伪装成蟾蜍的样子,蹲"在夏娃的耳边"(Ⅳ.800),守
护生命之树的神灵"伊修烈"和"洗分"(Zephon)正准备用

矛刺他。背景天空中高悬一把金天秤,挂在黄道十二宫之间(Ⅳ.997),远景是天使中队,

> 举矛向他包围拢来,密密麻麻,
>
> 像西丽斯稻田里秋熟时,
>
> 一片垂须吐穗,在微风中飘动。(Ⅳ.980-2)

> With ported Spears, as thick as when a field
>
> Of Ceres ripe for harvest waving bends
>
> Her bearded Grove of ears.

总体说来,这幅作品显得拥挤,其中的动物形象滑稽,一些次要的角色画得草率,尽管有几分朴实的魅力,但总体价值不大,也无助于对第四卷内容的阐释。

第五卷的插画中,麦地那也用了片段组合法,但技巧却比第四卷的插画高明得多。前景里,亚当和夏娃正跪在庐舍门口祷告。左后方,亚当站着仰望拉斐尔的降临,这个大天使的飞翔身影笼罩了整个画面。背景是亚当在庐舍门口欢迎拉斐尔,夏娃在屋内准备水果餐。第六卷的插画中,麦地那回归到第一卷插画的

风格,选择了一个重要的场面,表现的戏剧性时刻是弥赛亚出现之后叛逆天使的溃败。插画左侧,纯洁天使坚定地站在云端;右侧,叛逆天使被打落云端,掉进地狱的火湖,惨淡的光线折射在他们身上;画面中间是坐着天父飞车的弥赛亚。麦地那没有花心思去表现这驾神秘的飞车及其护卫。他满足于把弥赛亚描绘成古罗马帝王的样子,坐在飞车上,由四个普通人面的小天使护驾。不知何故,在燃毁的地狱火湖中间,麦地那画了一头喷水的鲸鱼。我寻思,这头鲸鱼是不是就代表了中世纪绘画中人们熟知的那张象征地狱的打着哈欠的嘴巴。无论如何,这头鲸鱼画得并不准确,正如托马斯·布朗爵士对《约拿书》等地方描述的批评:"鲸鱼头上画了两个巨大的喷水口;实际上鲸鱼只在前额上有一个喷水口,与气管相通。"[8]第七卷的插画相当平淡,选择的是亚当在听拉斐尔讲话和夏娃准备离开的时刻。插画上方有四个圆雕饰,表现四天的创世历程。与第七卷的插画形成对照,第八卷的插画非常出色。前景中,亚当独自坐在乐园。要是再穿上一件没有扣的衬衣,他看上去就很像是拜伦爵士。他周围有鸟兽,包括一头沉思的独角兽,但他的孤独显而易见。背景

126

里，我们看见夏娃在花园内劳作，因为天然，她在边劳作边休息。背景深处，亚当在向和蔼可亲的大天使拉斐尔道别。除了第六卷的插图之外，《失乐园》中间几卷的插图风格都很宁静，缺乏戏剧性，这与中间几卷的内容和风格十分契合。

第九卷是《失乐园》的高潮，史诗的氛围有明显的变化，但麦地那的这卷插画没有回到前第一至三卷插画中那种史诗风格。他似乎觉得，这一卷除了偶尔具有戏剧性的力量，本质上属于叙事，若只选择一个场面来创作插画，不足以表现整卷内涵。因此，他在插画中分阶段讲述了这一卷的故事。画面右下角，好奇的撒旦用厌恶的眼神注视着一条盘着的大蛇。前景有两个黑影人物，从位置和比例来看，他们给整幅画面留下了阴森的印象，但如果从片段组合的插画风格来看，他们可能显得微不足道。画面左边，在两个黑影后面，亚当和夏娃在讨论他们早上的任务；中间，他们用略显赌气 ¹²⁷ 的姿态分手。插画右后一点是树，夏娃在吃苹果，化成蛇的撒旦站在她面前，像一个螺旋形的开瓶器。画面正中靠后一点，夏娃正把苹果递给亚当。画面左后，亚当和夏娃站在地上，腰部裹上了无花果树叶，他们的头上是闪电，乌云密布：

> 空中乱云飞渡，闷雷沉吟，
>
> 为人间原罪的成立痛哭而洒泪雨。（IX. 1002-4）

> Skie lowr'd, and muttering Thunder, som sad drops
>
> Wept at compleating of the mortal Sin
>
> Original.

　　第十卷的插画中，麦地那更接近《失乐园》开头几卷的插画风格。插画上半部分是飞回天堂的天使卫队：

> 天使的卫队急速从乐园飞升，
>
> 回到天上去，为了人类的可悲事件
>
> 无言以对。（X. 17-18）

> Up into Heav'n from Paradise in hast
>
> Th' Angelic Guards ascended, mute and sad.

画面左下角，亚当躺在地上，推开跪在他身边忏悔的

《失乐园》第九卷插画（约翰·浸礼会·麦地那，1688）

夏娃。天使卫队、亚当和夏娃构成了画面主体，完美地表现了大地上的绝望以及堕落之后的人类与天使不再亲密交流。画面中间，撒旦在问候**罪**和**死**；"罪"现在还没有令人讨厌的后代，显得像"那妖艳的女儿"（X.352）。他们身后，是"深渊上架起这样一条悬空的岩石的栈道"（X.313–14）。背景深处，撒旦在对群情激动的魔鬼讲他成功诱惑人类堕落的故事。他们身后的"知识之树"上面缠满了蛇。

第十一卷的插画风格与开头几卷的插画更相似。它表现的是米迦勒的到来时刻，精确地再现了弥尔顿的描述，

> 他不露天资，装束得像是常人，
> 来会见常人。（XI.239–40）

> Not in shape Celestial, but as man
> Clad to meet Man.

米迦勒脱去"盔甲"。他腰悬长剑，手拿长枪（XI.241–8），威风凛凛地站在亚当面前。亚当的姿态暗示了悔

罪和服从。夏娃斜依在亚当身后的岸堤,她的形象画得没有亚当神似。插画背景中,夏娃在"视觉山"脚下睡觉;亚当与米迦勒站在山顶。背景其余部分是精美的"鸟、兽、天空预示的兆头"(XI. 182)。风云变色,神鸟"从太空盘旋而猛扑下来",追赶"一对羽毛最华美的鸟";"从山上下来"的狮子在追踪

那一对林中

最优雅的牡鹿和牝鹿。(XI. 188-9)

a gentle brace,

Goodliest of all the Forrest, Hart and Hinde.

第十一卷插画的处理,手法细腻,富于想象,相比之下,第十二卷插画的处理则令人伤感和失望。与第二卷的插画一样,麦地那在此也选择了表现一个场景:亚当和夏娃在天使护送之下离开乐园。他们看上去像是从一条铁道走过来。他们身后的米迦勒拿着一把波浪形的长剑。天使在他们周围的云中飞翔,那些阶梯是对

门口有可怖面目和火一样武器的队伍（Ⅻ.643）

the Gate

With dreadful Faces throng'd and fiery Armes:

的蹩脚演绎；亚当和夏娃甚至没有"携手"。麦地那没有努力暗示弥尔顿最后的画面中感人的东西：爱、谦卑和希望，人类始祖带着这一切开始了人类历史的伟大征程。麦地那没有努力暗示的原因是"逐出乐园"的主题太过熟悉。他在这里没有用心研究弥尔顿，只满足于拙劣模仿领主回廊中拉斐尔的画作《逐出乐园》，而拉斐尔这幅作品又是源出佛罗伦萨卡尔米内圣母教堂中马萨乔的壁画。麦地那所做的只是提供一个标准但平庸的画面，在画面顶部的云端添加了几个天使。

我认为，这些插画对于研究弥尔顿的学者来说之所以有趣，在于两个方面。一个兴趣点是，如果我们认识到，正如我希望以上的赘述已经表明，麦地那在用心创作插画，阐释《失乐园》，而不只是提供一点装饰，他选择的细节表明，他相当仔细地研究过这部史诗。他发现有必要采取不同的处理手段,其手段的灵活与丰富,足以令人吃惊。前面三卷的插图中,他运用了表现英雄的戏剧性方式,第六卷的天堂之战时他如法炮制,第十二卷中也是故技重施,可惜没有像前面那样成功。由于《失乐园》中间几卷的文本性质,麦地那没有机会继续运用这种戏剧性的风格,舍弃也就在情理之中;第九卷和作为史诗高潮、包含了主要活动情节的第十卷,麦地那似乎也认为不适合用戏剧性风格来创作插画。麦地那的插画向我们表明,早在十七世纪,细心的读者也能感觉到《失乐园》前几卷和其余部分在风格和处理手法上的差异,尽管他可能不同意后来的一些批评家更看重前几卷的价值,至少他会同意,它们以不同的方式影响了他的想象力。他似乎深刻感受到,前三卷宏大的主题和大手笔的处理,与尽管内容广泛但缺乏戏剧焦点的第九卷和第十卷的更亲切、更多细节的处理,反差极大。麦地那对于戏剧性风格的布局有着强烈的感情,不愿意退回纯粹的片段组合风格,但是,在第九卷的插图中,他接近了这种片段组合的风格,我认为,他不惜违背自己才华的天性,接受这种风格,是渴望忠实于弥尔顿。

129

另一个兴趣点是,麦地那发现在插画中难以表现撒旦,但他千方百计解决了问题。与现代批评家一样,他也意识到撒旦在逐渐堕落。描绘撒旦时,他采用了不同的传统形象,即使这种手法很粗糙,但效果还是很惊人。在第一卷插画中,他给我们描绘了一个覆灭的大天使撒旦;撒旦不仅有大天使的形状,还以用矛打倒巨龙的米迦勒一样的英雄姿态站立。这个撒旦形象光彩夺目:年轻、英俊而悲伤。他与上帝的其他仆人唯一的区别,是他那一双像半人半羊的森林神一样紧贴双颊的尖长耳朵和那一对令他破相的小小头角。这幅插画里的撒旦是一个"率领英勇的撒拉弗天军战斗"(Ⅰ.129)的大天使。第二卷的插画中,他在与"罪"和"死"谈判,此时他的高贵风范已经消失。他的翅膀没有完全张开,他的尖长耳朵和头角更加明显;他看起来苍老了一点,他的姿态和表情让人想起复辟时代艺术中与对手争论的罗马将军,而非一个天使。他的翅膀对于他这样的军人形象似乎是多余的,而不是像在第一幅插图中那样,是天国血统和力量的象征。这幅插画里的撒旦是一个政治家。第三幅插画表现了孤独的撒旦;穿越危险的旅程之后,他最终降落在世界的外壳,麦地那希望如实地呈现他的真面目,而非他在追随者和盟友面前的样子,也不是他给他敌人(即人类)看见的样子。麦地那似乎觉得,大天使的形象在这里不适合,但是,流行的魔鬼表现形式也不合适;因此他选择了折衷方案,画了让人联想到希腊神话中森林神的形象,半人半羊,腿脚上长着绒毛,头上有角。这幅插画里的撒旦是排斥出神恩王国的造物,我们对他与其说是恐惧,不如说是哀怜。撒旦接下来的出场是在第九卷的插画中,因为在第四卷伦斯的插画里,他只是化身为鸬鹚和蟾蜍的形象(第六卷的插画中的撒旦与其他叛逆天使难以区分)。第九卷的插画中,在诱惑夏娃吃禁果的时刻,撒旦被表现为世俗想象中的魔鬼。他像一个黑暗王子,长着蝙蝠一样的翅膀,山羊一样的腿脚、头角和尖耳。这幅插画里的撒旦是人类的敌人。然而,第十卷的插画中,在与**恶**和**死**欢聚时,撒旦失去了明确的魔鬼形象,再次以半人半羊的森林神形象出现。

即便我们不能宣称,麦地那成功地完成了几乎不可能完成的描绘撒旦的使命,他在追随弥尔顿的心灵方面做出的努力,也照样是惊人的。他意识到撒旦随着史诗的进程在不断败坏,他在插画中清晰地展示了这种败坏的进程,哪怕手法还很粗糙;但他意识到,撒旦绝非这部史诗的主角,这种意识没有影响他像一些现代批评家一样认识到,要以恢宏、原创的方式来表现撒旦。他在插画里设法为我们呈现了两种撒旦形象:作为悲剧命运的大天使和作为狡猾勾引者的魔鬼。但他觉得有必要在失落的大天使和"满怀恶意"的魔鬼之间寻找一个中介,他在半人半羊的森林神的身上找到了想要的形象,这个暧昧的形象似乎是他在传统的艺术类型中所能找到的最佳对等物,因为无论是在交战中,还是在引诱中,撒旦的态度都很暧昧。麦地那表现撒旦过程中遇到的困难,使我们再次意识到弥尔顿的创造力和深度:他的撒旦难以归结为一个类型。麦地那不大成功但有趣的尝试,促使我们自问,当撒旦开始"吃惊地发现"自己"狰狞魔王的丑态"没有被天国的守卫认出来,"把他的堕落"归咎于听到神灵"洗分"的轻侮:

> 背叛的精灵,你不要以为自己的
>
> 状貌和从前一样,光彩还没有减退,

会被认为和过去那时一样，

正直而清纯地站立在天上。（Ⅳ.835-8）

Think not, revolted Spirit, thy shape the same,

Or undiminisht brightness, to be known

As when thou stoodst in Heav'n upright and pure.

131　此刻弥尔顿是希望我们如何想象撒旦的形象。《失乐园》后来的插画家索恩希尔和切隆为一七二〇年的汤森版本又增添了两幅插画，分置于卷首和卷尾。他们放弃了这个问题，他们笔下的撒旦自始至终没有变，也无大天使之美的痕迹。他们呈现的是一个堕落人物形象。[9]

　　直到一七八四年，麦地那的插画一直在以令人越来越遗憾的方式翻印，对《失乐园》读者的想象力不可能没有一定的影响，哪怕是无意识的影响。今日，人们对这些插画已不熟悉，粗看之下觉得它们毫无想象力。作为艺术品和对《失乐园》的阐释，麦地那的插画难以与布莱克的插画或透纳和马丁的插画相提并论。布莱克有着深刻的精神信念，其插画显得通透；透纳和马丁在想象力方面呼应了弥尔顿的崇高和暧昧。他们都把叹为观止的弥尔顿的世界描绘得活灵活现。但是，尽管麦地那的插画缺乏想象、泥于原文，但是我认为，这种缺乏想象、泥于原文的风格，并不会令弥尔顿不快，欣赏这些插画，或许会给我们一些暗示，十七世纪的人们如何解读《失乐园》。[10]

注释

[1] 重刊，原文载《论文与研究》（1956）。

[2] 一六九〇年，汤森拥有了此书全部版权，根据斯宾塞的说法，《失乐园》一书为汤森带来的收益远超其他作品。参见 A. W. 波拉德（A. W. Pollard），《弥尔顿书目》（"The Bibliography of Milton"），《图书馆》（*The Library*），New Series，x. 1909。

[3] 卷四的插画署名是老伯纳德·伦斯（Bernard Lens the elder）。尽管麦地那的名字没有出现在第一、二、八和十二卷的插画署名中，但从其他几卷有他署名的插画来看，都是出自同一手笔。

[4] 《维尔图笔记》（*Vertue Notebooks*），沃波尔学社（Walpole Society），xviii. 48 and 46；J. 卡瓦（J. Caw），《苏格兰

绘画》(*Scottish Painting*，1908)，页20、21。

[5] 维尔图曾经说，麦地那"要是生活好一点，得到的鼓励多一点，原本可以成为一位优秀的历史画家"。

[6] 一六五四年和一六六八年版本中的那些插画后来做了一些修改。参见 W. P. 克尔，《德莱顿散文》(*Essays of John Dryden*，1926)，第一卷，页 lxx。

[7] 麦地那是外国人，他受委托作插画时，来英国的时间不长，看起来很有可能，有人帮助他理解《失乐园》，代他选择创作插画的场景；但是为了行文方便，我还是只提"麦地那"，尽管他可能并非独立完成插画，代为选择场景之人或许是汤森或其他人。

[8] 《流行的伪作》(*Pseudodoxia Epidemica*)，v. 19。

[9] 关于《失乐园》插画史的全面讨论，参见 C. H. 柯林斯·贝克(C. H. Collins Baker)，《弥尔顿〈失乐园〉的一些插画(1688–1850)》("Some Illustrations of Milton's *Paradise Lost* (1688-1850)")，《图书馆》，第五辑，iii，1948。我受益于该文良多，也受益于该文发表之前与作者的交流。

[10] 拙文发表之后，其他作者对撒旦被逐出天堂的插画也有论述。参见 K. 斯文德森(K. Svendsen)，《约翰·马丁与〈失乐园〉中撒旦逐出天堂的场景》("John Martin and the Expulsion Scene in *Paradise Lost*")，《英语文学研究，1500–1900》(*Studies in English*

Literature，1500-1900），第 1 期，1961 年，页 63-74；梅里特·Y. 休斯（Meritt Y. Hughes），《弥尔顿〈失乐园〉中撒旦逐出天堂的一些插画》（"Some illustrations of Milton：the Expulsion from Paradise"），*J. E. G. P.*，1961 年 10 月。

索　引

（索引页码为原书页码，即本书边码）

费雷:《弥尔顿的史诗声音》,viii